Parmena Zirină

CAFEA CU GHEAȚĂ

SELF PUBLISHING

www.self-publishing.ro

Concept: Parmena Zirină
Grafică: Luminița Glogoveţan
Coperta: Alexandru Hălălai
Tehnoredactare: Simona Bănică

Descrierea CIP a Bibliotecii Naţionale a României
ZIRINĂ, PARMENA
         Cafea cu gheaţă / Parmena Zirină. - Bucureşti :
Self Publishing, 2014
         Bibliogr.
         ISBN 978-606-8601-52-6
821.135.1-31

Redactarea şi corectura textului aparţin autorului.
Platforma editorială Self Publishing nu îşi asumă
răspunderea pentru punctul de vedere al autorului.
Self Publishing România este o platformă online
dedicată publicării, tipăririi, promovării şi distribuţiei
naţionale şi internaţionale a cărţilor autorilor români.
Orice autor care publică la Self Publishing îşi poate
vedea cartea în librării în 30 de zile şi mai puţin.
Intră pe site şi publică-ţi cartea sau scrie-ne pe adresa
office@self-publishing.ro
www.self-publishing.ro

COMENZI PENTRU CITITORI,
LIBRĂRII, BIBLIOTECI, DEPOZITE DE CARTE
comenzi@self-publishing.ro

tel. 0740 530 111

... felinarelor
răzvrătite în miez de noapte...

Cuprins

Cuvinte...

Antologia Parmenei este o denumire prea pompoasă. Literar vorbind, aceste coperţi strâng între ele, o astfel de antologie. Dar, fiecare rând în sine este o rememorare a unei vieţi, ancestrale parcă, rezidând din negura îndepărtată a anilor. Cartea nu este în niciun caz, un prilej de derulare a unor momente dintr-o existenţă. Ci o lecţie a unei vieţi pornite conştient, încă din vremea copilăriei, din casa bunicii, cea care împarte mere coapte, fără mirodenii sofisticate. Nu vom regăsi aici sentimentalisme etalate pe post de amintiri oftate. Ci doar o uşă deschisă atemporal, peste multă vreme, în cămara copilăriei. E un refugiu cotidian, care nu trezeşte melancolii, ci lumini. Un refugiu ce se desprinde total de străzile bine camuflate în gri asfaltat

şi conturează perfect lumea vie, lumea satului, veş-
nicia unui început derulat în linişte şi bine construit.
De n-ar fi avut şi acest reper, cu siguranţă *Cafea
cu gheaţă* ar fi fost o simplă antologie. Dar, tocmai
pentru că autoarea a reuşit să menţină vie legătura
între o lume aproape de basm, o lume care tinde să
se volatilizeze uşor, pe măsură ce timpul se răs-
toarnă, tocmai pentru acest fapt, această lucrare
este un mijloc perfect de a zugrăvi tablouri vii ale
unei existenţe mult prea fireşti şi totuşi, din ce în ce
mai...nefirească.

Pentru că, dincolo de rama acelor tablouri, *Cafea
cu gheaţă* reintroduce într-o lume haotică, un pat-
tern plin de substanţă, o aromă de dulceaţă de pe-
pene galben, înnobilată cu fragranţa timidă şi totuşi
deosebit de izbitoare, a mentei proaspăt culese. *Ca-
fea cu gheaţă* te poartă pe nevăzute prin vortexuri
ameţitoare, ce deschid înaintea cititorului, lumi pa-
ralele: cea a satului transilvănean, învăluit în aromele
primelor lecţii de viaţă, cea a unei lumi întorto-
cheate, a iubirilor neînţelese şi consumate mai mult
sau mai puţin sub formă de salate grăbite, pentru
ca, mai apoi, încununarea unui succes literar să
deschidă o ultimă uşă, direct către sufletul autoarei,
într-un dialog simultan.

Parmena Zirină nu este un autor de texte care împletește gândurile în plasa frumos meșteșugită a literaturii convenționale. Ea sparge tipare, clepsidre, aducând dintr-un trecut ce-i găzduia odinioară pe Geo Bogza sau Alecsandri, frânturi de reportaje detaliate, sau pasteluri mult prea intens colorate, în tumultul urbei zilelor noastre. Amintește cu siguranță de un spațiu tridimensional, precum în Țări de Piatră, de Foc și de Pământ, peste care așează din penița-i subțire, culoarea pastelurilor zugrăvită cu atâta măiestrie, în versurile despre anotimpuri.

România la sat, sau *România la oraș* sunt dovezi incontestabile ale unui Vlahuță contemporan, gonit din urmă de cotidianul imperfect dar, care reușește să spargă sticla groasă a realității imediat înconjurătoare, pentru a aduce o gură de oxigen, acolo unde fog-ul marilor metropole a acoperit și ultima fărâmă de umanitate, dezrădăcinată de propriile-i valori și apartenențe.

Antologia capătă, pe măsură ce este parcursă, valențe diferite, dezvelind, filă după filă, părți din sensibilitatea unui suflet, mascat de zâmbetul candid al autoarei. *Oglinda de iad, în rai de femeie* este tocmai alegoria sublimă între două lumi perfect îmbinate, care își găsesc punctul de contact în penița bine formată de măiestria scriitoarei.

Nu ştiu dacă ar fi un condiment mai potrivit în faţa drumului unei vieţi, decât o cafea cu gheaţă. O alăturare desăvârşită între arome atât de diferite şi puternice, un melanj siamez al unor simţuri şi idei, împletite până la confundare, cu calea fiecărui om care şi-a propus, măcar o dată, să se ridice mai sus decât condiţia sa. Asta este viaţa văzută prin ochii Parmenei Zirină: o cafea cu gheaţă! Măsura perfectă...echilibrul între negrul intens al cafelei proaspăt râşnite şi două cuburi care se topesc încet, sub intensitatea căldurii, cuburi ce nu sunt altceva decât două principii, amestecându-se unul într-altul, într-un ocean opac şi totuşi, plin de esenţă, până în străfundul venelor.

Clarisa Iordache

Aidoma celor două substantive din titlu, ale că-
ror conotații par a fi la o primă vedere incongruente,
întreaga carte a Parmenei Zirină manifestă o vădită
dualitate, care se reflectă atât la nivel ideatic cât și
semantic. Iar dacă în primul în caz avem pe de-o
parte realitatea și pe de cealaltă literatura, viața de
zi cu zi opunându-se ficțiunii în care autoarea în-
cearcă să o transforme fără a-i reduce cumva din
vitalitate ori veridicitate, în cel din urmă caz proza
se distanțează de poezie, iar acestea două împreună
se deosebesc de imagistica desenelor și schițelor in-
serate din când în când în cartea de față. Însă in-
congruența de care am amintit este doar în aparență,
pentru că metodele artistice de exprimare la care
Parmena recurge nu ajung să se opună, ci se

completează reciproc într-un mod unic şi anacronic, scoţând la iveală sinceritatea trăirilor şi tentativa, uneori zadarnică, de-a găsi un înţeles în gesturile făptuite şi evenimentele trăite. Nu există un hotar exact care să demarcheze cu precizie locul în care se termină proza şi începe poezia, registrul poetic fiind, de altfel, omniprezent, tot aşa cum nu există o delimitare clară între viaţă şi literatură. Iar această dihotomie nu poate fi înţeleasă pătruns decât dacă eşti dispus să te afunzi pe deplin în lumea redată de autoare. Citându-l pe Nichita Stănescu, *totul este atât de simplu încât devine de neînţeles.* Iar la Parmena Zirină de neînţeles este însăşi viaţa plină de incongruenţele şi incertitudinile ei, care răzbate din fiecare filă a acestei antologii.

Alexandru Ioan Despina

MOTTO:

Dacă ai vedea lumea prin ochii mei, te-ai întoarce undeva, pe unde paşii tăi de-acum nu au mai călcat nicicând. Respiraţia te-ar putea purta către alte vieţi pe care nu ţi le mai aminteşti nici măcar în visele inconştiente, spre zări ce nu au capăt.

Dacă ai vedea lumea cu ochii mei, paşii tăi nu ar mai porni spre drumurile-ţi pietruite. Ci am deschide arzând cu foc umil, tot alte căi, luminând cine-ştie câte vieţi, din vremuri de demult sau ce va să vină.

Dacă ai vedea lumea cu şi prin ochii mei, te-ai opri.

Dar, oare: Ai învăţa să nu mai fii?

Cafea cu gheață

Pare un pic altfel, nu-i așa? Mai ales dacă este vorba despre o cafea simplă, fierbinte, dar cu gheață. S-au mirat, ce-i drept, doamnele de la cafeneaua noastră, căci am renunțat dintr-o dată la cea obișnuită de dimineață, cu lapte și zahăr, și am înlocuit-o cu o cafea neagră, cu două cuburi de gheață.

Acum se miră și cei care mă însoțesc ocazional în călătoria pe care o ofer eu acestei băuturi pe cât de fruste, pe atât de interesante. Dar... eu nu mai pot renunța la acest deliciu. Este cafea neagră, de la espressor, cu două cuburi de gheață, pentru a-și pierde puțin din tărie și a nu mai fi atât de fierbinte. Mai spre după-amiază, dacă mă doboară oboseala cotidiană, mai savurez o cafea la filtru, tot neagră, dar şi mai modestă, căci nu îi redau o strălucire aparte, completând-o cu două cuburi de gheaţă. Cum de s-a întâmplat acest lucru, nu prea pot să-mi dau seama. Se prea poate ca subconştientul meu să fi repetat până la acţiunea conştientă, cuvintele lui Balzac, cum că ar fi o blasfemie să adaugi cafelei orice altceva în afară de apă.

Deşi îmi continui drumul cu paşi mărunţi spre arta supremă, oricare ar fi aceasta în semnificaţia maturităţii mele, nu aş dori să procedez precum marele romancier de a bea 40 de cafele pe zi şi de a descrie exact în 12 pagini cum să duci o ceaşcă de cafea la gură. Nici nu aş dori să mă cuprindă fascinaţia lui Beethoven, care considera că o cafea perfectă se prepară din exact 60 de boabe, pe care le număra singur.

Dar, totuşi, uimită ca şi ceilalţi de schimbarea doleanţei mele în ceea ce priveşte doza de energie a cotidianului, am dorit să mai învăţ câte ceva despre acest obicei, din timpuri mai vechi decât ne-am putea imagina. Legenda spune că în vremuri de demult un paznic de capre a observat că o parte din animalele care păscuseră printre nişte tufe de cafea erau voioase tare în comparaţie cu restul care nu se îndepărtaseră de el. Apoi, tot păstorii, vrând să încerce şi ei aceste boabe, au considerat că fructul crud nu este deloc gustos și l-au aruncat disprețuitor în foc; iar flacăra le-a dăruit minunata aromă de cafea prăjită.

Primele cafenele au apărut la Mecca în anul 1511, cu mai mult de 100 de ani înainte de a fi deschise în Veneția, Oxford sau Londra. Dar cea mai veche cafenea funcțională din lume se află, unde altundeva, decât în Veneția (Caffe Florian sub arcadele Procuratie Nuove din Piața San Marco). Cafeaua era foarte scumpă la acea vreme și se considera a fi o dichiseală a aristocraților. Urmând cursul obișnuit al dezvoltării societății au apărut răzvrătiții, inițiind proteste împotriva acesteia. Cele mai frumoase sunt de la jumătatea secolului 18: *Cântatul Cafelei* de Johann Sebastian Bach și cel de Carl Gottlieb Hering: *Cafea, nu mai beți atât de multă cafea*. Ce-i drept, dacă nu mi-aș putea permite acest obicei dependent, cred că m-aș răzvrăti și eu din toată puterea ființei mele. Cum să nu existe cafeaua zilnică?! Nu am vrut să renunțăm la ea și, la urma urmei nici nu vrem. Am făurit diferite combinații de culori și gusturi, arome felurite. Și tot ea este principalul motiv pentru orice.

În cafenelele pariziene s-au născut ideile marilor revoluții. În cafenele obscure se nasc acum mici războaie personale sau împăcări sublime cu oricine şi pentru orice, ies la iveală frământările şi cugetările interioare, abia rostite în respiraţia dintre două sorbituri de cafea. Cafenelele rămân locurile preferate ale unor ieşiri din cotidian în frumuseţea unui oraş. Din ele renasc amintiri ale atmosferelor de relaxare şi retrăiri în poveşti, oricare ar fi ele.

Cafeaua este motivul unei pauze discrete, unei bârfe aiurite, a unei discuţii savante, unei filosofii sfioase, sau întâlniri nevinovate.

Cafeaua este motivul neutru al unui el, de a nu-şi arăta timiditatea printr-un ceai, sau îndrăzneala prematură printr-un pahar cu vin, când doreşte să o întâlnească prima dată pe ea, să fie doar ei doi, pentru ei înşişi şi o cafea, pentru fiecare.

Cafeaua înseamnă mult mai mult faţă de cuvintele pe care le-aş putea înşira eu pe hârtie şi pentru fiecare dintre noi, altceva.

Pentru mine, cafeaua neagră, fierbinte, cu două cuburi de gheaţă, înseamnă o schimbare, o acceptare a ceva despre care nu credeam că va mai veni vreodată. Când apropii ceaşca timid de buze, cu un gest sublim al savurării divine, gest care de acum a devenit o revelaţie, şi simt mirosul pur, apoi gustul amărui, transform explozia în implozie. E ca atunci

când stingi o țigară arzând din prea mult timp, de bordura unui asfalt negru și aprinzi milioane de meteoriți în noaptea poate prea... întunecată.

Pentru mine, cafeaua mea cu două cuburi de gheață înseamnă Inspirație.

Tribul

162736352920948826241313098225151

Am simţit o imperioasă nevoie ieri să scriu despre triburi, când am pus o întrebare unei doamne, funcţionar public, în legătură cu ce acte trebuie să mă prezint data viitoare când plătesc impozitul. Şi ea îmi răspunde: *CNP-ul!*

În primul rând că CNP-ul, şi anume codul numeric personal, nu este un act. În al doilea rând, acest cod pe care îl primim la naştere era trecut frumos acum câţiva ani de mână, pe toate actele importante trecerii noastre prin aceasta lume: certificatul de naştere, buletinul, certificatul de căsătorie şi cel de deces. Acum, în *era informatizată*, registrele nu mai au nevoie de nume, ci doar de CNP şi de un

Enter. Desigur, eu, care aş prefera mirosul de mu-
cegai al unei arhive ca să caut nişte hârtii prăfuite şi
să le completez de mână, sunt considerată un pic
anostă de către cei dependenţi de simplul *click*. Dar
să nu deviez. Am într-adevăr o problemă cu CNP-ul.
Eu sunt doar un număr într-un calculator?! Păi am
nume şi un loc al meu, îmi sărbătoresc şi eu o dată
pe an ziua de naştere, am rude, prieteni. NU sunt
un număr, NU VREAU să fiu un număr! Dar nu e
după mine, evident. Căci evoluţia asta, care de mult
nu mai este umană, ci inumană, m-a transformat
fără voia mea, într-un număr.

În vremurile de demult, triburile erau formate
doar din câteva familii, ale căror membrii primeau
un nume simplu, iar ulterior erau diferenţiaţi prin
simpla lor ocupaţie: mama, vânătorul, pastorul,
vraciul etc... Mai apoi, odată cu accelerea transfor-
mării eternului *a trăi* în inexplicabilul *a avea*, tri-
burile s-au unit în sate, şi apoi au format oraşe,
deoarece, cred că erau prea mulţi cu aceeaşi ocupa-
ţie. Aşa că, numelui simplu i s-a mai adăugat încă
unul, cel puţin. Apoi a apărut nevoia acerbă a exis-
tenţei actelor, pentru identificare şi alte chestiuni
asemenea, angajare, achiziţii etc. Şi apoi CNP-ul...

2071407223811

1601182471129

Eu îmi doresc să trăiesc într-un trib. Să mă înconjor de oamenii care îmi plac, să mă întorc în lipsa de formalitate, să fac tot ce vine din suflet, să nu fiu un nimeni aruncat în oribilitatea combinației de treisprezece cifre. Vreau să am o ocupație simplă, după care să fiu diferențiată: grădinăreasa, doamna cu plimbările, scriitoarea, artista cafelei cu gheață...

Dar ieri am fost doar un număr, la o banală coadă, stând cuminte în spatele altor numere, într-o caserie, funcțională pe bază de numere, plătind o taxă, a cărei valoare am primit-o inscripționată în cifre, pe o filă plină de numere.

Omul rău

Omul rău este exteriorizarea luptelor interioare între bine și rău. Omul rău poate fi analizat din două perspective: cea cu intenție și cea fără de voie.

Omul care face rău intenționat trebuie să fi pătimit ceva anume în trecutul vieților sale. Pentru că răutatea acerbă nu vine din răutățile unei singure lumi. Și acest om privește tot ceea ce face ca o stare de fapt, ca și cum așa trebuie să acționeze. Și dacă cumva, printr-o anumită întâmplare face bine, i se pare că a făcut ceva rău. De oamenii aceștia ne ferim inerțial, pentru că am fost avertizați prin răul făcut altora sau am simțit acest lucru pe propria noastră piele.

Omul care face rău fără voie se află într-o stare mai puțin degradantă. Pentru că își vede propriul interes doar şi uită, pur şi simplu, că mai există şi alţii în jurul său. Dacă rămâne prins în jocul negativ, se va transforma în omul care face rău intenţionat. Iar dacă la un moment dat va realiza cât rău a făcut, încărcarea conştiinţei sale este o pedeapsă mai mare decât orice Judecată de Apoi. Pentru că nimic nu poate fi mai greu de trecut, decât seara, atunci când încearcă să adoarmă, să îl ajungă din urmă faptele sale rele, conştientizate. Şi iertarea sinelui e mult mai grea decât iertarea altora.

Aşa că trebuie să învăţăm în primul rând să-i iertăm pe ceilalţi, orice ar fi făcut. E greu, dar sentimentul e înălţător. Apoi să ne iertăm pe noi înşine pentru că l-am judecat şi ponegrit pe omul rău. La urma urmei e şi el doar un om, ce-i drept foarte slab, dacă luptele interioare nu şi le poate controla şi alunecă pe panta neagră a vieţii sale. Iar dacă nu poate ieşi din întunecimea lui, rămâne un nefericit, care va plăti în vieţile viitoare inconştienţa acţiunilor rău-voite. Învăţ că fiecare lucru care ne înconjoară, fie acesta un pom, o floare, o piatră, un om, să nu fie analizat din perspectiva exteriorului. Învăţ că totul în jurul nostru are suflet, mai mult sau mai puţin vizibil, mai mult sau mai puţin fericit sau chinuit, şi că trebuie respectat. Precum coloanele din edificiile pierdute ale istoriei. Au fost cândva impunătoare, dar mecanismele macrocosmosului – vânt, apă, soare – le-au transformat în ruine. Ce suflete or fi închise în microcosmosul din ele, așteptând să se transforme în ultima fărâmă de praf pierdută în vânt, pregătindu-se pentru o viață viitoare, în regretarea și meditația asupra faptelor care le-au închis în acea piatră ?!

Biserica Neagră

Parcă devenise într-un fel, o banalitate. Am absolvit la gimnaziul şi liceul care se află în curtea acestei biserici. Astfel că Biserica Neagră a fost întotdeauna, şi nu cred că doar pentru mine, o stare de fapt. Singurul lucru pe care cred că a trebuit să-l învăţ a fost că, mai mulţi oameni la un loc care vizitează un obiectiv istoric, constituie un grup de turişti.

Şi, edificator a fost faptul că astfel am *cunoscut* culorile şi rasele oamenilor *pe viu*, nu doar din poze. Doar privisem îndelung şirurile de vizitatori, pe fereastră în orele de plictiseală din gimnaziu şi, mai târziu, din liceu. De aceea, nu am conştientizat niciodată în ce loc cu încărcătură istorică studiam. Pentru mine era doar punctul spre care plecam de acasă şi punctul din care mă întorceam acasă.

Intram în Biserica Neagră de două ori pe an. Cât eram copil mi se părea o obligaţie fără noimă. Cu atât mai mult cu cât confesiunea mea religioasă este alta. Mă întrebam pentru ce? Dar probabil că aceştia au fost primii paşi spre conştientizarea că toate religiile trebuie să fie la fel. Intram pentru binecuvântare la început de an şcolar, să ne fie paşii luminaţi, şi apoi înainte de Crăciun.

De evenimentul de la început de an şcolar nu îmi aduc aminte prea bine. Îmi aduc aminte vag cum păşeam pe lespezile de piatră ale podelei originale, printre pietre funerare, aranjate alandala, după mintea mea. Acum, aceeaşi podea este acoperită cu scânduri, pentru protecţie probabil. Şi mai ştiu doar că, înainte de renovarea bisericii au înconjurat-o cu nişte bare de fier, ca un fel de balustradă, pentru a proteja elevii în faţa unor eventuale căderi de piatră. Bineînţeles că noi tot acolo ne jucam în pauză. Renovarea mi-o amintesc şi mai vag, printre schele şi panouri de şantier şi oase. Ca orice biserică, fusese o dată, de mult, înconjurată de un cimitir, clădirile din jur fiind construite peste acesta. Astfel, la orice săpătură se descopereau oseminte umane. La început a fost curiozitate, apoi rutină. Mi se părea normal să trec pe lângă craniile aşezate pe marginea unei gropi, în drumul meu spre clasă. Ce-i drept, şi aceasta este o formă de educaţie, doar viaţa şi moartea sunt pereche până la urmă. Şi nu ni se părea deloc nelalocul lui acest mod de predare. Devenise tot parte din cotidian.

Concertele de Crăciun nu am cum să le uit. La început, când eram în gimnaziu, cântam şi eu în corul şcolii. Şi-mi plăcea tare mult, pentru că biserica mi se părea atât de mare încât eram sigură că nu mi se auzea vocea până în partea cealaltă. Şi astfel, cântatul colindelor în frig devenea altceva. Pentru mine era un fapt deosebit să stau în balcon, unde se află corul de obicei, şi să mă simt deasupra tuturor. Deşi eram doar un copil, păream mare, mare.

Acum sunt mare, dar privesc de jos spre balconul corului. Şi consider că acolo se află oameni speciali. Cu dăruire. Care aduc linişte din înălţimi. Aceasta este senzaţia mea de câţiva ani, de când am revenit în acest oraş. Şi încerc pe cât posibil să ajung în Biserica Neagră, măcar la concertele de Crăciun.

Duminică, la concert nu a mai fost loc să stăm jos. Şi am stat în picioare. Am reuşit să număr în biserică cam 700 de persoane, cred că erau şi mai multe. Pare o cifră banală, se spune că în Biserica Neagră încap 5.000. Am zâmbit privind spre ecranul imens de sub balcon pe care se putea vedea exact ce se întâmpla în interior. O idee bună pentru

cei care încă nu am învățat doar să auzim și să sim-
țim, ci mai trebuie să și vedem.

Îmi părea curios cum atârna acel ecran pe lângă
covoarele orientale. Biserica numără 156 de covoare
într-o colecție, care este cea mai mare din Europa și
a doua din lume, după cea a muzeului Top Kapi din
Istanbul. Desigur, când eram copil nu înțelegeam
de ce au conectat la ele un sistem de alarmă, de ce
nu aveam voie să le atingem. Iar orga mare, Buch-
holz, construită între anii 1836 - 1839, la vremea
aceea era cea mai mare și mai importantă orgă din
Europa. Și așa, probabil, ni s-a predat și lecția valo-
rii inestimabile. Pentru mine, ca și copil, totul era
mult prea de neconceput. Am reușit să o admir în
complexitatea ei, doar de ceva timp, de când merg
cu plăcere la concertele de Crăciun.

Reflectam pe muzica lui Bach, cât de normal mi
se pare că am crescut lângă o clădire cu o turlă de 65
de metri înălțime, auzind zilnic clopotul acesteia,
din bronz, vestind orele și minutele, ca și cum nu ar
fi contat că este cel mai mare din România (aproxi-
mativ 6 tone). Mi se pare firesc că perioada de con-
strucție a bisericii se întinsese pe parcursul a
aproape o sută de ani, că fusese înainte de rit cato-
lic, numindu-se Marienkirche, că datorită reforme-
lor lui Johannes Honterus devenise biserică

evanghelică, că arsese la 1689 şi, din cauza funingi-
nii de pe pereţi, primise numele de *Biserica Nea-
gră*. Am învăţat ce înseamnă însă valoarea. M-am
maturizat prin valoarea ei.

Şi am realizat, în mod edificator, duminică seara,
pe muzica lui Bach, în Biserica Neagră, stând în pi-
cioare, ce lucru deosebit am înfăptuit în copilărie şi
adolescenţă: plecam de acasă, zilnic, din satul natal,
străbăteam douăzeci de kilometri dus, douăzeci în-
tors, numai ca să învăţ în şcoala amplasată în curtea
celei mai importante construcţii sacrale dintre do-
mul Sf. Ştefan din Viena şi moscheea Hagia Sofia
din Istanbul, curtea celui mai mare lăcaş de cult în
stil gotic din sud-estul Europei.

România, la oraş

Am crescut la ţară, dar *mirificul* societăţii actuale m-a făcut să mă mut la oraş. Şi, chiar dacă aş fi locuit în continuare la ţară, tot la oraş ar fi trebuit să fac naveta. Deci, vreau, nu vreau, oraşul devine o stare a cotidianului actual. Şi vrem, nu vrem, trebuie să ne integrăm.

Consideram deunăzi că la oraş, lumea este egoistă. Am constatat prin experienţele personale: cu cât este oraşul mai mare, cu atât egoismul este mai pronunţat. Deoarece se dă o luptă pentru *a avea* şi *a fi*, incomparabilă cu orice altă luptă, nedreaptă de altfel. Şi atunci, oamenii devin egoişti, pentru că uită de alţii şi luptă doar pentru ei. Nimeni nu a spus că omenirea nu trebuie să evolueze. Însă evoluţia nu înseamnă apartamente mai luxoase, case mai mari, conturi tot mai valoroase, haine de firmă, cumpărături în hypermarketuri. Există o limită a supraviețurii pe care o depășim continuu, dar cine evoluează în acest fel nu va ajunge niciodată să se întrebe de ce și pentru ce.

Pentru că în activitatea noastră de zi cu zi uităm că și orașul este frumos. Străzile nu sunt doar niște linii drepte pe care trebuie să alergăm, fără popas. Pot deveni promenade spectaculoase, de relaxare și bucurie, așa, doar în ideea de plimbare. Muzeele și locurile istorice nu trebuie să rămână obiective doar pentru turiști. Câteodată uităm că era cândva un loc frumos și interesant și, că mai există încă oameni care prețuiesc ceea ce a fost odinioară. Cafenelele și restaurantele nu sunt doar locuri simple de băut ceva sau de servit masa. Ele devin rețele de socializare reale, însă doar atunci când vrem.

Dacă ne conștienzăm rolul în oraș și rolul orașului pentru noi, excluzând *a avea* și *a fi*, putem redeveni oameni. Oameni fericiți și încântați de oraș. Pentru că lupta de fapt nu este cu ceilalți și nici nu concurăm cu alții. Ar trebui să luptăm și să concurăm cu noi înșine. Și dacă există voință, atunci orașul nu va scoate ce e mai rău din noi, ci doar ce este mai bun. Și tot orașul ne va învăța că respectul nu este o povară, că zidurile lui nu sunt reci și limitante, cum suntem noi acum. Oraşul ne spune poveşti atât de multe, la orice pas... Şi atunci, când lupta cu noi înşine este la un pas de a fi câştigată, atunci când suntem deschişi spre învăţare, sigur ne vom da seama de frumuseţea oraşului şi a oamenilor care trăiesc acolo. Pentru că oraşul nu vrea să fie şi nici nu este egoist. Se dăruieşte în totalitate nouă. Şi, chiar dacă pe ici, pe colo, mai are câteva defecte, ne-a aruncat în lupta cu noi înşine tocmai ca să i le corectăm.

Oraşul înseamnă oameni. Ei l-au construit şi format cum este acum. Şi spectaculozitatea lui nu se ascunde în clădiri, pe străzi, nici în muzee sau restaurante. Ci în oameni.

Doar că oraşul plânge câteodată în dezamăgire pentru că oamenii l-au uitat. Şi se grăbesc spre oriunde, doar pentru ei, în egoism, uitând că pentru tot ce sunt şi au, ar trebui din când în când să mulţumească oraşului: printr-o simplă plimbare, printr-o cafea servită pe o terasă în centru sau printr-un simplu gând frumos, adresat lui. Oraşului.

România, la țară

Pentru mine țara mea este altceva decât ce vor politicienii. Nu înțeleg politica prezentă, poate pentru că în darul meu de a simplifica lucrurile foarte mult nu pot să pricep ce o fi atât de complicat să schimbi ceva, să faci bine. De aceea am conchis la un moment dat că nici nu mă mai interesează. Amăgirea mea este că toți uităm de unde am pornit. Și cei care am rămas în țară și cei care ne-am înstrăinat pe alte meleaguri. Pentru mine România este ceva boem.

Sigur dau dovadă de subiectivitate în această privință dar, la o analiză mai exactă, orice persoană care s-a născut și a trăit mare parte din tinerețe într-o țară oarecare, consideră că aceasta este țara lui.

Poate, câteodată, acea persoană îşi doreşte să plece, dar tot ţara lui rămâne.

Eu chiar cred că veşnicia s-a născut la sat. Dar nu în orice în sat ci în cel românesc. Acolo am crescut şi eu, în imortalitatea lui. Şi, oricât ar fi România asta plină de modernităţi împrumutate din occident şi în mod occidental, oricât ar încerca alţii să ne schimbe sau să ne întineze... nu există pericolul de a pierde ceea ce este al nostru.

Îmi aduc aminte de prima mea incursiune în mediul universitar german, când am fost întrebată ce ar putea să-mi placă atât de mult în România. Le-am răspuns că joaca vrăbiilor în praful drumului neasfaltat. Desigur că nu am fost înţeleasă, ei aveau demult asfalt peste tot. Eu încă pot să mă laud că, acasă la noi, strada nu este încă asfaltată. În vânt e praf, în ploaie e noroi. Şi tot strada mea este. Şi vrăbiile încă se desfată pe această stradă.

Tot la sat am găsit cei mai ospitalieri oameni. Nu vreau să supăr pe nimeni, dar la oraş lumea este egoistă. Acolo, la sat, în schimb, s-au obişnuit să împartă tot, de la pământuri până la anotimpuri. S-au obişnuit să fie buni şi răbdători. Să creadă, oricare ar fi credinţa lor. Aşa cred şi eu că, într-un fel sau altul, satul românesc este mai aproape de Dumnezeu şi de fericire.

Nu mă gândesc la sărăcie. La ţară sărăcia se suportă mai uşor. Îţi ţine de cald pădurea şi te hrăneşte pământul.

Tot boemă consider vânzarea de ceapă roşie de către sătenii din Mândra, Făgăraş, la porţile caselor, în uliţa mare, asfaltată de această dată. Nu doar că-mi place ceapa roşie, dar întotdeauna m-am raportat la ei. Pentru că primeau bani exact pe ce munciseră vara. De la ei am învăţat că satisfacţia propriei munci şi roadele acesteia nu se pot compara cu nimic altceva. Şi dacă tu nu depui un efort spre binele tău, nu mai rămâne nimic, decât să accepţi că eşti nimic. Şi în istorie asta ne-au învăţat ţăranii, chiar dacă au fost liberi sau înrobiţi, că munca este o calitate deosebită, orice formă ar avea ea, te înnobilează şi îţi arată drumul spre libertate.

Nu-mi plac oamenii care au avut bani şi lux dintotdeauna. Habar nu au ce înseamnă să trăieşti cu adevărat, să munceşti din tot sufletul pentru că altă alternativă nu a existat, habar nu au ce înseamnă adevărata satisfacţie în de a face ceva, din propriile voinţe.

De aceea, eu mă regăsesc în satul românesc. Puterea acestui exemplu colectiv face ca simplificarea în sine a tot şi a toate să devină mult mai evidentă. Te face să înţelegi adevăratul sens al vieţii, să înveţi ce trebuie să vrei, te apropie prin peisajele magnifice şi unice, de natură şi încet, încet şi de Dumnezeu, oricare şi oriunde ar fi acesta.

Ploaie de lumină

Acolo unde ceru-și sărută pământul,
De unde vânturile bat spre gândul vieții,
Aștepți tu, trecător prin roua dimineții,
Aceeași ploaie de lumină.

Mai târziu, un furnicar de suflete pierdute,
Nu va simți arsura celui cerc de foc.
Și-atunci, zadarnic vei cerca să îți faci loc
Spre acel tainic vânt al serii.

În van, cu al tău suflet de ură și iubire,
Cu rănile-ți deschise și corpul fremătând
Vei încerca a înțelege cugetând,
Văzând apusul omenirii.

Dar nu-i nimic. Nu plânge... nu înceta să speri...
Așteaptă, trecător prin roua dimineții,
Cu rănile-ți deschise, întins în iarba vieții,
Aceeași ploaie de lumină.

Toamna... mea

Îmi place să cred că toamna mea este într-un fel doar a mea şi că nimeni altcineva nu a mai trăit toamne ca ale mele. Dau dovadă de un egosim susţinut în această privinţă. Deoarece amintirile despre acest anotimp nu se compară cu nimic din ceea ce experimentez în prezent. Mi-au scurtat unii vremea şi parcă şi bucuria de a vedea toamna. Acum sunt pe fugă, las în urmă frunze colorate în vânt. Şi ce folos că mă simt vinovată, că nu mă opresc să le admir?!

Eu m-am născut la început de toamnă. Exact acea perioadă când ziua de lumină începe să se scurteze pe nesimţite şi se simte miros de copt, dar încă este prea devreme pentru recoltă. Când e ziua mea, vara îmi face cadou toamna. Aşa... necondiţionat... fără să mi se fi cerut vreodată ceva în schimb.

E un dar pe care am învățat doar de ceva timp să-l prețuiesc. Și simt că trebuie să readuc la viață anumite amintiri, pentru a învăța din nou să trăiesc ce-mi plăcea nespus, odată.

Eu am crescut la țară. Și nu reneg apelativul *țărăncuță*. Văd în oamenii de aici adevărata viață, adevăratul suflu al naturii. Aici se află el și nu pierdut între betoanele orașelor. Am învățat să-mi prețuiesc locurile natale de pe drumuri. Habar n-are nimeni, nimeni, cât de mirific se schimbă peisajul când ieși din oraș, te îndrepți în linie dreaptă spre munți și apoi cotești spre niște dealuri ce închid orizontul, unde soarele apune. Am înțeles mai târziu de ce satul nu se află la *drumul mare*, ci este un pic retras. Tocmai pentru a se integra perfect în peisaj. Ca darul naturii să devină conturat în apreciere.

Și, într-un asemenea loc, anotimpurile devin profesori. Orice teorii despre cum decurge un anotimp pălesc în comparație cu spectacolul naturii. La noi, toamna o aduce vara, cu iz de ierbi uscate târziu și mov. De la brândușe. Când răsărea prima în grădină, sub nuc, simțeam că e momentul să mă pregătesc de bucuria simfoniei ce va urma. Și apoi cădea o frunză. Prima frunză a unui măr ionatan ce se colorează în portocaliu și apoi într-o nuanță roșiatică. Asta nu uit.

Pentru că, de când eram copil, îmi propuneam să nu pierd niciodată anumite imagini, pe care consideram eu, aşa, în mintea mea, că nu trebuie cu niciun preţ să le estompez cumva. Cum ar fi prima brânduşă de toamnă, care parcă creştea în acelaşi loc, în fiecare an, şi prima frunză, căzută din mărul ionatan. Tot aşa am ţinut neapărat să-mi aduc aminte de plăcile pătrate care formau primul trotuar al curţii noastre. Când s-a hotărât tata să facă altul, am zis că trebuie să reţin pentru totdeauna cum arăta curtea aşa, cu iarba crescută între betonul turnat strâmb, cu labirinturi de furnici peste tot. Şi chiar dacă între timp s-a schimbat din nou trotuarul, eu tot aşa mi-l ştiu, ca la început. De aceea, mă respect pentru hotărârea luată... să nu uit. Şi atunci când se mai întâmplă, încerc să mă adun din zările împrăştiate ale lumii noastre şi să-mi aduc aminte ce învăţasem să preţuiesc odată: adevăratele valori nepreţuite, cum ar fi toamna... mea.

*

Anotimpul meu de altădată nu se aseamănă cu nimic din ceea ce este acum. Am încercat să mă regăsesc în copilul de pe un trotuar banal, care se distra inocent, împrăștiind frunzele uscate în aer, deasupra mamei sale. Am încercat să mă cuprind în adierea de vânt care dansa în culori, pe o stradă oarecare. Dar, ca de obicei, am trecut prin ele doar pentru câteva secunde... atât au durat și gândurile mele despre toamnă, pentru că mă grăbeam spre un altundeva din lumea asta. Și când am devenit conștientă de pierderea mea, am cugetat din nou la minunățiile toamnelor trecute. Mă gândeam subtil că, poate dacă aș reuși să-mi ignor necunoașterea mi-aș găsi fericirea. Dar până atunci, doar mi-am adus aminte.

În septembrie, începutul lui octombrie mergeam la cules de cartofi. Au trecut mulți ani de atunci, parcă prea mulți. Pentru că adolescența rebelă analiza naiv recolta, crezând cu nepăsare că este o corvoadă. Aș putea să zic că aș da orice să mă întorc în acele vremuri, dar drumul meu are doar un singur sens. Mergeam agale pe câmpurile din apropierea satului, prin toamna prăfuită de tractoarele ce aduceau recolta la lumina soarelui, întorcând pământul. Vedeam munții în depărtare, acoperiți de prima zăpadă, mai jos festivalul frunzelor, iar noi eram în praf ca furnicile ce-și strâng proviziile de iarnă. Nu-mi amintesc să fi fost vreodată frig. Apoi, în grădină, strângeam nuci, mere, ultimele legume... Și,

Doamne, ce fericire mai era... Îmi amintesc de
foşnitul frunzelor de nuc prin iarba încă verde şi
ultimele brânduşe. Acum nu mai am nici nuc, nici
toamnă.

Dar, făcusem cel mai înţelept lucru când mi-am
propus în mintea inocentă de copil să nu uit. Acum,
dacă aş vrea să nu uit, se întâmplă. Doar aşa, de
atâta ignoranţă. Şi n-am uitat că luna e cea mai fru-
moasă toamna, când renunţă la straiele albe şi ia
foc. La fel cum arde şi pământul când apune soa-
rele, parcă mai frumos decât în oricare alt anotimp.
Te face să crezi cu tărie că moartea naturii este doar
o amintire superbă a renaşterii, câteva luni mai târziu.

Şi n-am uitat nici perfecţiunea toamnei sur-
prinsă într-o duminică însorită, cu cer cristalin, pe
dealul de deasupra satului. Nici măcar marii artişti
nu ar putea reda ce am eu în minte: dealul cu fânul
verii uitat necosit, în spate pădurea colorată ca de
bal, pierdută în infinitatea albastră. Şi eu priveam
toate acestea din iarba înaltă. Apoi, îmi aduc aminte
de după-amiezile ploioase de noiembrie. Afară, na-
tura răvăşită, cu vârfurile pomilor golaşe, se întin-
dea agale spre picăturile de ploaie. Înăuntru, mama
aprindea focul în soba de teracotă şi citeam lângă
fereastră, auzind doar sunetul ploii, trosnetul lem-
nelor dansând printre flăcări, bucurându-mă, fără

să-mi dau seama, de ultimele perioade de inocenţă şi libertate.

Căci, *raiul nu e în cer unde pasul pământeanului nu poate ajunge, ci în urmă, unde pasul călătorului spre moarte nu se mai poate întoarce.*

(Ionel Teodoreanu)

Să nu-mi ucideţi toamna...

Să nu-mi ucideţi toamna,
Voi, rasă progresistă!
Căci pentru voi nici viaţa,
Nici toamna nu există.

Voi nu-i vedeţi culoarea?
Şi a ei strălucire?
Voi nu-i vedeţi apusul
Şi frunzele-n roire?

Voi nu-i vedeţi şi munţii
Şi valurile mării,
Cum freamătă, se-agită
În pragul aşteptării?

Nu! Voi nu vedeți nimic!
Acoperiți cu smoală
Și frunze, munți și mare...
Iar toamna.... o să-mi moară...

Închideți între ziduri
A toamnei frumusețe
Și-așa îmi pare mie
Că n-o să vă mai pese...

Să nu-mi ucideți toamna,
Că-mi va muri oricum,
Sub valuri de zăpadă
Căzute... peste drum...

Amintiri cu iz de mentă

Victor Hugo spunea că toate lucrurile care sunt pline de amintiri degajă o visare care te îmbată şi care te face să mergi, rătăcind, mult timp.

Aşa am rătăcit o perioadă bună până să scriu aceste rânduri. De când am deschis primul borcan de compot de pepene galben, cu mentă. Probabil că din noiembrie sau de la începutul lui decembrie. Compotul nu este o amintire, este o inovaţie a acestei veri, când deja banalele vişine şi cireşe negre nu-mi mai ofereau satisfacţia unei realizări în materie de conserve de iarnă. Astfel, am adaptat o reţetă de compot de pepene galben. Tot mai mult cred că nu există coincidenţe. Sigur trebuia să fac acest desert pentru a-mi aduce aminte ceva anume.

Şi aşa a şi fost: Când am gustat desăvârşirea combinaţiei de pepene galben şi mentă am rămas uimită de amintirea reînviată sau mai bine zis, de transformarea mediului în care mă aflam, în spaţiul unde se desfăşura amintirea, de metamorfoza mea parţială într-un copil, chiar eu, dar cu aptitudinile şi experienţa actuală. Ca să preţuiesc, probabil, şi mai mult, ce-mi aduceam aminte.

Mirosul de mentă m-a dus fără să ştiu în bucătărie la bunici, cred că acum mai bine de 20 de ani. Era dimineaţă, nici prea devreme, nici prea târziu. O dimineaţă de iarnă umedă, fără ger. Din câte îmi amintesc era zloată pe stradă. Aşa cum era odată, amestecată cu noroi, nu cu asflat. Şi casa era învelită în abur. Acasă, la bunici, în bucătărie era miros de mentă, de la ceai. Auzeam foarte bine o lingură de alamă amestecând într-o cană de tablă, poate mai în vârstă decât bunicul. Cana avea interiorul maroniu închis, pătat din cauza ceaiului fiert în ea, atâţia ani la rând. Lingura era mare şi dreaptă. Poposind o perioadă acolo, nu ştiu cât, pentru că timpul îşi pierduse şi esenţa şi importanţa, am înţeles că mi-era dat să retrăiesc un moment de linişte. De orice fel şi în orice mod. Era o stare de fericire stranie, de bucurie din nimic. Căci nu era nimic deosebit acolo. Doar un ceai de mentă, căldură şi poveşti.

Poveştile nu le mai auzeam. Iar senzaţia de a fi acum mulţi ani, când nu exista niciunul din gândurile cotidiene, nu se compară cu nimic din ceea ce ar putea descrie vorbele din lumea noastră.

Mirosul de mentă m-a purtat astfel în vară, o vară oarecare. Când, tot cu fericire din neant, culegeam mentă, pentru a o usca pentru ceaiul de iarnă. Aşa, parcă am plutit prin grădini, la bunici şi acasă, apoi lângă pădurea din apropierea satului. Prin mentă sălbatică. Fără niciun gând să-mi tulbure mica pată de fericire.

Şi când am revenit, am mai rătăcit ceva timp, încercând să-mi păstrez cât mai mult simţurile trezite, de copil. De fericire din nimic.

Am realizat că această non-coincidenţă, de a face un compot de pepene galben cu mentă a fost de fapt pregătirea de a trezi o amintire atunci când este neapărat nevoie, când cotidianul te afundă în neştire în griji şi gânduri hidoase.

Căci amintirea din subconştient nu iese la suprafaţă întâmplător, ci la timpul ei, în oportunitate şi plină de sens. Să-ţi dea curaj sau linişte sau o mică parte de rai înapoi.

Bătrânul nuc

Să vezi ce s-a întâmplat: a căzut nucul! – aşa mă aşteptase bunica într-o după-amiază de iulie, pe veşnica bancă din curtea ei.

N-am reacţionat în primul moment şi nici în multele care au urmat pe parcursul lunilor ce-şi luau adio din an, consecutiv. Dar bunica ştia prin inerţia vârstei cât de mult însemna şi, mai ales, ce releva o astfel de schimbare.

N-am vrut să reacţionez. Şi nici să reflectez asupra celor întâmplate. Mai ales, că atunci când am ajuns acasă, nucul, căzut lin pe o parte, nu reprezenta o mare schimbare. Căci era tot acolo, doar orientarea sa nu mai era verticală, din pământ, ci paralelă cu acesta și până să ne dăm seama, era să fi fost una cu pământul.

În zilele următoare era încă acolo. Imensitatea i se păstra impunătoare și încă nu îi simțeam lipsa. Se usca încet, așa cum crescuse, căci în grosimea lui, seva dansa din ce în ce mai lent spre extremități. Iar liniștea dimprejur părea absolut cea de altă dată.

Fără să întârzii vreo clipă să mă gândesc la realitate, am cules câteva nuci verzi și m-am apucat să fac dulceață. Așa, ca să nu se piardă chiar tot din nuc. Lemnele avea să le folosească tata, la vreo mobilă, care să arunce umbre prin casă în soarele după-amiezelor, în amintirea nucului, probabil din ce în ce mai estompată cu trecerea anilor.

Era însă luna iulie, lună în care prepararea dulceții de nuci verzi nu-și mai are locul. Dar, în încăpățânarea mea obișnuită nu am cedat. M-am înarmat cu mănuși de diferite feluri și cuțite care de mai care mai ascuțite, m-am așezat lângă nuc, căci sub el nu-mi mai era locul, și am început să-i curăț fructele.

Au trecut câteva ore până să înțeleg ce se întâmpla. În încăpățânarea mea ignorantă nu am vrut să accept ceea ce îmi spusese bunica: bătrânul nuc căzuse. Și nucile erau oricum mult prea mature să-mi

mai ofere o dulceață cu iz de copilărie. Cu toate mă-
nușile mele seva lor mă înnegrea din ce în ce mai
mult, cuțitele începuseră să mă taie mai adânc,
deoarece mă chinuiam cu o durere înfrântă, acidă,
dar mută, să smulg miezul din lemnul protector.

Abia când am văzut copiii alergând veseli printre
crengile aplecate, protectoare spre pământ, oferin-
du-le un superb loc de joacă, care le stimula imagi-
nația mai mult decât orice, mai mult decât oricând,
am înțeles.

Mă pedepsea nucul. Că nu am vrut să-l știu că-
zut. Și nici nu am vrut să accept. Mă pedepsea să
îmi aduc aminte. Să îmi aduc aminte tot ce poate
cândva uitasem, dar sigur nu erau lucruri lipsite de
importanță.

Au trecut luni de ignoranță de atunci, măsurate
în zilele, la rândul lor ignorante, ale societății actuale.
Dar de când mi-am pornit vremea și am hotărât să
nu mai ignor pustietatea rămasă în urma nucului,
am zăbovit printre amintiri. Și atât de altceva mi se
perinda în privire, atât de frumos și de cast, încât
păreau episoade din lumi inexistente. Și totuși, fu-
sese cândva, lumea mea. Așa că, pas cu pas, vis cu
vis, zâmbind sau lăcrimând, dar tot în fericire,
mi-am adus aminte.

*

Nu-l cunoscusem niciodată pe nuc așa cum ar fi trebuit și doar acum când nu mai e, am început să-i recunosc adevărata valoare. Asta poate pentru că întotdeauna fusese mult prea înalt pentru mine și ar fi trebuit să mă urc prea sus. Iar copil fiind nu aveam asemenea aspirații.

Îmi era de ajuns mica magazie a lui tata, pe care o mutase sub el. Eu îi spuneam cabană. Și avea ceva de poveste. Era o altă lume de-a binelea. Ca într-o poveste, dar nu o oricare poveste, ci una atât de frumoasă, încât pare de neînchipuit. Cabana era de fapt un depozit de orice, căci găseam lucruri vechi și noi, ce-și căutaseră un loc de odihnă. Și poate acolo a început imaginația mea să crească. Pentru că fiecare dintre noi avem în adâncul nostru o frenezie, iar bogată ne-o facem chiar noi, doar că avem nevoie de poveștile bune.

Acolo aveam eu o mică bucătărie, iar din chitul de fixat lemnele făceam torturi cu etaj, din noroi și frunze preparam mâncăruri care de care mai gustoase în mintea mea. Apoi am făcut rost de o găletușă în care spălam vase și rufe, tot într-o apă cu noroi, care în mintea mea era, detergent. Dat fiind spațiul prea mic, așa gândeam eu, nu aveam hol de

intrare, iar astfel, în cabană se intra direct în bucătă-
rie. Apoi, dormitorul era un fotoliu mai vechi decât
oricând, a cărui culoare roșie abia o deslușeam.
Acesta era doar de formă pentru că nici măcar pe
mine nu m-ar fi ținut. Și apoi aveam muzeul, un raft
format în mod natural din bârna de susținere a ca-
banei, pe care așezam diferite obiecte prețioase mie.
În timp nu am renunțat la această colecționare de
obiecte prețioase doar mie, și acum, am mai multe
rafturi cu diferite obiecte preluate din amintiri. Dar
cabana nu mai este. Mi-au rămas doar câteva poze
și multe, multe aduceri aminte. Iar orice amintire
cât de mică atrage după sine sute. Iar povestea se
răsfrânge atât de frumos în timp și deasupra lui.

Tot lângă nuc a fost o vreme locul primului nos-
tru câine, care era mare și rău, însă doar cu oamenii
mari și răi. Poate de la el am învățat că oamenii
mari sunt răi, iar poate nucul m-a lămurit prin
imensitatea lui cea bună, că există și excepții.

Tot lângă nuc, în interiorul protector al cabanei,
mai era un arici. Sau poate că era o familie de arici.
Nu mai știu. Dar știu că-mi explicase mama că e
bine să fie arici în curte, să ne apere de nu-știu-ce.
Abia mai târziu am înțeles că nu ne apărau cu țepii,
ci prin natura lor de a fi.

Când am început să citesc, nu când am învăţat să citesc, că asta ştiam de pe la cinci ani, deci când am început să lecturez romanele copilăriei şi mi se părea mult prea banal să citesc în fotoliul din camera mea, iar pentru că în cabană era parcă prea fantomatic pentru închipuirile ce le făuream din rândurile citite, am decis prin voinţă de nestrămutat, de copil al naturii, că voi citi în pom. Am ales mărul văratic, pentru că nucul era, după cum am mai spus, o aspiraţie mult prea înaltă. Dar acest pom era evident lângă nuc, ca orice altceva în grădina noastră, şi pot să zic că am citit tot sub nuc. Când tata a tăiat mărul văratic, căci se îmbolnăvise, am simţit tristeţe, dar nu ca cea pe care o resimt acum, după atâta vreme, de când nu mai este nucul nostru.

Ultima mea amintire de copil, ceva mai mare de această dată, e de pe la vreo douăzeci şi ceva de ani, când reuşisem să-mi cumpăr din banii mei, romanul preferat. Şi l-am citit sub nuc, cu ochii nu în carte, căci şi acum îi ştiu rândurile pe de rost, ci în cer, găsind printre frunzele lui căi nebănuite şi poteci de poveste, proiectându-mi imaginile pe care atât de bine le ştiam din file. Era sfârşitul verii, simţeam miros de nucă ce voia să iasă la lumină din cabana ei verde, adiere de vânt de toamnă, aşa de lină precum zborul unui pui de rândunică ce abia învăţa să-şi desfacă aripile. Simţeam mângâieri de fire de iarbă de o fineţe cum numai sub el putea să crească. Era linişte şi acasă.

*

Bătrânul nuc zăcea liniştit pe o parte, parcă cerându-şi scuze ca atinsese o mică bucată din gardul vecinului şi-şi făcuse aşternut peste căpşuni. Dar întreaga poziţie în care se aşezase lin, să nu mai fie, arăta că ultimul lui gând se îndreptase spre grădina lui şi apoi spre noi. Pentru că se dusese ca şi întreaga lui existenţă, simplu, fără să fie ştiut, fără să încurce. Aşteptase mult timp vântul dinspre nord-est. La noi în sat, vântul bate rareori dintr-acolo. E ciudat să urce vântul dinspre câmpie spre munte şi nu să coboare, dar aşa se întâmplase. Şi probabil că asta a şi aşteptat: puţin ajutor să se aşeze lin peste căpşuni, atingând un pic din gardul vecinului, ca apoi să adoarmă pentru totdeauna sub cireşul sălbatic, care crescuse de fapt în umbra lui. N-aş fi crezut vreodată că bătrânul nuc şi cireşul sălbatic ar fi putut fi prieteni, dar altfel nu-mi explic cum de primul căzusese la pământ atât de aproape de al doilea fără să-l rănească, iar al doilea îl veghease pe primul câteva zile bune până muri de tot.

Nu știu cum să descriu mai bine nucul: un pom mare, mare încă de când eram mică, Așezat în grădină, undeva într-o parte, de nu lăsa razele soarelui răsărind să pătrundă în curte, decât iarna, când desena gol, dar plin de veselie, umbre magnifice transformate în dansuri pe zăpadă. Doar atunci ne lăsa să privim spre grădinile vecinilor, spre alți pomi și alte garduri ce închideau universuri imaginare, dar personale. Primăvara o vestea încet, pentru că bătrân de când lumea, își lăsa timp până să înmugurească. Privea adânc, în jos eternitatea prescurtată a ghioceilor albi și toporașilor mov, îi liniștea ocrotitor când mureau, șoptind că vor înflori primăvara viitoare, abia apoi catadicsea să se înfoaie în frunze mai verzi decât orice, parcă plutind deasupra florilor de Paște, care se încăpățânau să se ivească, doar sub el.

Vara era o splendoare, mai ales în zilele toride când, în liniștea deplină a aerului, el își răscolea puterile și răcorea tot în jur. Puteai privi oriunde în universul lui, căci nu găseai un strop de zăpușeală și nici nu-l simțeai altfel decât odihnitor. Furtunile de vară erau însă dezlănțuirea lui. Căci erau singurele dăți când vorbea răstit, când își transforma șoaptele în mugete, şi, mă gândeam eu, întotdeauna se certa cu timpul. Căci timpul îl culcase la pământ, aşteptând să-şi dea ultima suflare, nu vreo furtună năprasnică sau altceva. Doar timpul, ajutat de vântul dinspre nord-est.

Toamna uitam de mine, acolo sub nuc, cu nucul în mintea mea, oriunde aş fi fost. Vestea o dădeau pomii din jur, şoptind parcă sfioşi. Îl aşteptau pe rege. Înfloreau întâi brânduşele de toamnă, apoi vestea el, azi printr-o frunză gălbuie, mâine prin alta portocalie că se apropie momentul. Şi da, după prima noapte cu brumă, se transforma parcă în maestru al picturii, umplându-şi braţele de culori inexplicabile, abia coborâte din cerul albastru de toamnă într-un contrast perfect cu movul brânduşelor. Şi după prima adiere a anotimpului rămânea gol, privind cu o candoare greu de spus în cuvinte, către vecinii săi, pomi, flori, iarbă şi gândăcei, dându-le curaj să-şi doarmă somnul iernii, căci se vor reîntâlni la primăvară. Era gol, dar tot un rege până la prima zăpadă, când apoi aştepta să-şi danseze braţele în lumina soarelui, ce începea să se desfacă spre răsărit.

Şi tot aşa, ani de-a rândul. Dar, întorcându-mă în timp, am realizat că nu era nimic la fel. Fiecare anotimp al său îl trata cu altă atitudine interioară şi, chiar dacă îl credeam bătrân, el era aşa, doar în război cu timpul. Şi nici măcar atunci când căzuse, nu era ca şi cum ar fi câştigat timpul războiul lor de când lumea, ci ca şi cum s-ar fi înţeles că schimbările vin doar atunci când e momentul lor.

Azi am văzut primii ghiocei în grădină, luptându-se amarnic să iasă de sub zăpada încă prea rece. Poate că în mintea lor, când au văzut atâta cer, fără şoapte de alinare, au înţeles că nu mai e bătrânul nuc. Şi sper ca alinarea să le-o dea, cireşul sălbatic.

Şi mai sper să-l fi învăţat nucul pe cireş să-şi ocrotească grădina aşa cum făcuse el, să se certe cu timpul în furtunile de vară, să prefacă toamna în tablou, să danseze gol în dimineţile albastre de iarnă şi să-şi consoleze vecinii din grădină cu inexistenţa lui, a nucului.

Căci altfel nu voi ştii ce să le spun peste ceva timp, cum de s-a întâmplat aşa ceva cu nucul nostru. Abia învăţ şi eu să înţeleg ce schimbare a vrut el să fie.

*

Deveniseră paşi mărunţi, înceţi, parcă aleşi. Mi-era frig. Încă e prea târziu în iarnă şi prea devreme în primăvară. Dar am strâns din dinţi şi am continuat să merg. Călcam pe nuc. Deasupra îmi pare acum că nu a existat niciodată, dar răsare prin fiecare fir verde, de orice. Şi s-au schimbat şi rolurile: acum îl veghează ghioceii, nu el pe ei.

Mă copleşise atât de mult plecarea asta a lui, spre alte lumi, spre alte zări, metamorfoza lui în orice altceva decât el... Dar, cu mâinile în pământul unei ierni prea târzii, cu picioarele parcă prea goale pentru o primăvară prea devreme, cu suflet zburat şi frânt de prea multă cugetare, i-am desluşit plecarea. Se dăduse la o parte. Asta ca să văd ceea ce înainte nu vroiam să ştiu, de vălul mult prea des deasupra înţelegerii şi înţelepciunii de a coexista.

Acum, când nu mai era uriaş, rege, protector şi gingaş, lăsase testament grădinii să mă înveţe ce nu am putut să înţeleg de la el. Coexistenţa! Căci pentru mine ar fi însemnat ori rău, ori bine, fără o cale de mijloc, fără o co-variantă. Nu mă mai proteja nimic din lumea mea. Şi la o analiză sufletească am înţeles că în grădină nu aveam doar ghiocei şi flori colorate, nici doar ierburi mătăsoase sau roade hrănitoare. Aveam şi buruieni multe, multe. Dar nucul le acceptase. Şi prin acceptanţă le dăduse o lecţie. Viaţa, sub orice formă, nu este un război.

Este o lecție cu un preț prea mare. Știam în sinea mea, că ideea de coexistență este reciprocă. Când îndrăzneau buruienile să crească, unde nu le era locul, le lăsa în pace. Cam vreo trei anotimpuri. Dar restul plantelor le predau lecții de viață frumoasă. Apoi, în primăvara următoare, ori se transformau în ceva folositor, ori își aveau deja semințele mutate într-un colț întunecat și rece, al grădinii. Nu se războiau în niciun chip. Viața era mută în explicații, căci aveau de învățat fiecare ceva: unele cum să nu fie, altele cum să fie.

A coexista nu înseamnă doar să accepți modul de a fi al altora. Ci, prin comportamentul tău de acceptanță să îi faci să înțeleagă, că viața, în relativitatea timpului ei, este mult prea simplă. Buruienile avide de orice nu se vor coborî niciodată la a accepta simplitatea. Și atunci ori le ierți, căci iertarea este încununarea coexistenței, și le dai voie să-și petreacă ceva timp în jurul tău, cu gândul că timpul lor sigur trece mult mai repede și mai acut, ori le muți semințele în altă parte. Dar trebuie să le predai prea multe lecții simple și riști ca și timpul tău să devină la fel de neînsemnat ca al lor.

Astfel, cu cât grădina se deschide mai frumos în fiecare primăvară, se jertfește în sine spre simplitate, cu atât mai multe buruieni, de orice fel, din orice parte, vor răsări să o distrugă. Căci răului nu îi place prea mult bine, dar binele, dacă nu ar fi răul, nu ai putea să-l deosebești în voluptatea lui.

Flori de fân

Mă întrebaseră copiii, de când era furca cu care întorceam fânul după-amiezii de sâmbătă şi al veşnicei livezi din spatele casei.

Acum, nici după-amiaza de sâmbătă nu era programată pentru fân, dar nici livada nu e de fapt, o livadă de-adevăratelea. E *livadia* copilăriei mele şi ai altor copii cu care băteam praful pe stradă, pe vremuri când încă nu era asfalt. Doar de curând s-au plantat câţiva pomi fructiferi, căci salcâmi am avut întotdeauna în loc de garduri. Şi furca...

– Păi furca asta e de când mă ştiu eu... trebuie să o întrebăm pe bunica... că poate ea ştie de când e.

Răspunsul meu amânat rămase prins între florile de fân, care se pierdeau în vânt, în jocul copiilor.

Mă gândeam zâmbind sub umbra pălăriei, că aşa eram şi noi odată, parcă prea de mult.

Pe atunci, pe când bunicii nu erau plecaţi de vremuri, porneam de dimineaţă cu merinde la noi – apă beam din izvoarele pădurii – cu furcile în căruţa trasă de vaci, agale, pe drumuri ce nici nu visau să vadă asfalt vreodată.

La fân se oprea timpul. Căci nu se uita nimeni la ceas... ci doar la soare, la nori, simţeam vântul în păr şi miros de ploaie în zare, dacă se strica vremea.

La fân se lucra fără mare grabă, căci singura care oprea ziua era noaptea.

La fân, când se făcea foarte cald ne făceam un stăvilar din te miri ce găseam într-o apă mică, curgătoare, umbrită de sălcii, unde ne răcoream.

La fân, între două întoarceri, ne plimbam prin pădure la strâns de ciuperci şi fragi. Tot pentru noi.

Îmi veniră în minte aceste gânduri, între două mişcări de furcă, când îndrăzneam să ridic privirea spre dealurile şi pădurea deasupra satului. Şi cât verde... căci nu mai văzusem de mult atât verde la un loc. În ultima perioadă, îmi aminteam de fân, doar când, trecând rapid pe lângă vreun parc simțeam miros de iarbă proaspăt tăiată amestecat cu iz de asfalt încins.

Mă dureau ochii de atâta culoare și mâinile de efortul depus cu încăpățânare, nu pentru a termina de întors fânul din *livadie*, ci ca să mai poposesc acolo un pic, printre florile uscate în aromă de pământ umed. Acum, copiii stau culcați cu ochii în cer printre două crenguțe de prun, plantat de bunicul, și ascultă satul, auzind pentru prima dată sunetele copilăriei de altă dată.

La fân, pe vremuri, când se lăsa seara, se încărcau căruțele cu iarbă scrâșnind de uscăciune și noi ne urcam în vârful lor, așa murdari de pământ, păduri și verde. Ascultam greierii de pe marginea drumului, printre huruituri în praful verii ce se ridica în urma noastră, privind în cer spre primele sclipiri de stele, așteptând, nu să ajungem acasă, ci noaptea să oprească ziua.

Acum, îmi scuturam florile de fân din papuci, împrăștiindu-le în vântul apusului mult prea îndepărtat. Am întrebat-o pe bunica, de când avea furca. Încercă o clipă să-și piardă privirea în vremurile tinereții.

Nici ea nu mai știa...

Căci amintirile satului rămân acolo, printre ultimele rămășițe de munci ale bunicilor plecați de vremuri, printre furci uitate în căruţe ce nu mai merg de mult pe uliţi de pământ uscat, printre dealuri şi păduri încă verzi, uitate în florile de fân ce se încăpăţânează să existe.

Uliul

Admiram peisajul împietrit sub haina-i albă. Parcă dintotdeauna fusese aşa. Orbitor de frumos în soarele difuz. Înţepeniseră casele şi cele două biserici în aceeaşi amintire, drumul se pavase cu un strat la fel de alb, adâncit din loc în loc de urme bătătorite. Din depărtări amare se zărea deasupra satului o plutire din umbră, un uliu singuratic, pornit la vânătoare, în speranţa deşartă de a descoperi în oceanul imaculat o mişcare în culori.

Dormea grădina întreagă sub stratul gros de zăpadă, cu o crustă îngheţată deasupră-i. O aprinsese soarele într-o alegorie de diamante argintii. Lucea din loc în loc, adormind feeric orice frenetism. Căci deveniseră impasibile orice crengi ce puteau răzbi printre fulgii împietriţi, la fel şi răzoarele ale căror vârfuri se ridicau semeţe prin nămeţi, fără a-şi da seama că voiau să coloreze în chip nepastelat. Adormise şi casa sub ferestrele-i cu flori de gheaţă, sculptate dinadins să-ţi împiedice voinţa de a-i căuta căldura.

Îmi înţepeniseră picioarele într-un pisc de omăt din mijlocul grădinii. Respiram rece şi fără abur, adânc şi totuşi nu destul. Mâinile se căutau una pe cealaltă, nu ştiu dacă a frământare sau fără motiv. Eram doar un vârf incolor de răzor în mijlocul unei orbiri irevocabile. În liniştea ce îşi luase alura de domnitor absolut se auziră două bătăi de aripi, prea bruşte şi prea zgomotoase pentru a nu trezi.

Aş fi putut să-i văd umbra dinainte dar, în strălucirea aceea boemă, am crezut că sclipeşte doar argintul mai puternic în soarele mare, ce-şi începuse călătoria agale către apus.

Din imaculat se ridicase o veche roată de căruţă, din lemn colorat de vremuri şi ploi, semeaţă şi singură. Acolo se prinse, în ghearele-i de oţel, de marginea de sus, contemplând-o întâi cu ochi ageri, pentru a-i vedea siguranţa oferită. Apoi îşi ridică capul, se îndreptă din toată fiinţa şi îşi odihni aripile pe spatele mult prea bătrân. Mă fixă. Fără curiozitate. Doar aşa, din absolut, străpungându-mi gândurile.

Eram doi, contemplând minunea iernii, unul din amintiri de sus, altul din realism, de jos. Metamorfoza nu se produse cum poate s-ar fi așteptat. Căci oboseala mult prea adâncă a gândurilor mele nu îi permise să mă convingă. Intuiam doar că mi-ar fi împrumutat aripile să zbor spre unde numai el, din irevocabilitate putea ajunge. Eu nu aveam ce să-i împrumut.

Ne contopirăm privirea și pornirăm în admirație imaginară prin periplul iernii. Fără a ne grăbi, doar înghețase deja în reminiscență spre a descoperi altceva decât imaculat. Ochi în ochi, gând în gând, descoperirăm castitatea neîntinată a vremurilor, ce demult nu-și mai purtau pașii pe acest pământ. Neclintirea nu lăsa loc de manevre inutile, ce ar fi putut doborî simplu, splendoarea liniștii acute.

Când am îndrăznit să ne odihnim, ne surprinserăm asupra roții de căruță, din lemn colorat de vremuri și ploi încă nemișcate.

Era aceeași roată care definea peisajul fără zăpadă din anotimpurile mai primitoare. Atunci devenea sprijin de încredere pentru pastelul florilor, iar firele de iarbă se înălțau abitir în verde, dar fără a o putea acoperi vreodată.

Era aceeași roată care acum devenise un vârf incolor în mijlocul unei orbiri irevocabile.

Cu aceleaşi două bătăi din aripi, prea bruşte şi prea zgomotoase pentru a nu trezi, îşi luă avânt spre înalt. Plecă singuratic, dar nu fără a mai da ocol o dată grădinii, preschimbând în umbra-i, ultimele sclipiri argintii în aurul soarelui care îşi lua la rându-i, rămas bun.

Dormea grădina întreagă sub stratul gros de zăpadă, cu o crustă îngheţată deasupră-i.

Înţepeniseră casele şi cele două biserici în aceeaşi amintire, drumul se pavase cu un strat la fel de alb, adâncit din loc în loc de urme bătătorite.

Orbitor de frumos în soarele difuz.

Parcă dintotdeauna fusese aşa.

Din depărtari amare se zărea deasupra satului, o plutire din umbră, un uliu singuratic.

Când am reuşit să-mi odihnesc gândurile îngheţate şi să deschid ochii, am zărit în palmă-mi un fulg, cu gri şi alb şi cafeniu. Era lăsat în urmă ca să mă înveţe taina zborului până în următorul timp.

S-a oprit timpul...

Se oprise timpul. Şi nu înţelegeam de ce...

Pentru că în viziunea mea, mai altfel decât a lumii întregi, timpul este inventat de oameni pentru a măsura rotaţii, distanţe, noapte, zi şi orice altceva ce nu avea măsură definită. Şi astfel timpul căpătă formă. Apoi îi definiră scopul. Să treacă...

Timpul meu se oprise. Mi-am dat seama cam târziu. Dar şi *târziu* îşi are relativitatea lui. Pentru că putea fi *mai târziu* sau *prea târziu*. Însă cred cu cea mai mare convingere că am realizat oprirea undeva între.

Timpul înseamnă de fapt o evoluţie interioară. Să te maturizezi, să evoluezi în tine, să evoluezi prin alţii. Dar să nu te opreşti din urcare pentru că atunci definirea lui va deveni irelevantă. Este exact ca

atunci când gătești același fel de mâncare săptă-
mâni întregi, fără să-ți permiți să încerci altceva,
poate din neștiință, poate din frică. Exact ca atunci
când rămâi undeva prea mult timp și nu mai pleci,
deși al tău loc nu este acolo. Exact atunci când te
complaci într-o anumită situație și, deși recunoști
că nu este bine, că nu îți este bine, că poate ar trebui
să faci ceva să ieși din cercul îngust al momentului
de rutină, nu faci nimic.

Și prin nimic, prin ne-acțiune, îți oprești timpul.
Așa de simplu îl poți aduce în stare inertă.

Eu nu port ceas. L-am considerat întotdeauna
un accesoriu ignorant. Pentru că nu am avut nicio-
dată nevoie de nimic să-mi măsoare trecerea anilor,
a bucuriilor, a toamnelor, a îndepărtării amintiri-
lor. Măsurarea lor devenise relativă.

Dar de curând am pus un ceas pe biblioteca din
sufragerie. Nu are secundar ca să nu aud ticăitul ab-
surd, să intru în rândul oamenilor care strigă din
interior că trece timpul. Și se întâmplă câteodată să
aud tic-tac, așa aievea parcă. Și abia acum i-am pri-
ceput atenționarea.

Așa am înțeles că și pendula vecinilor de deasu-
pra noastră, pe care o aud bătând la fiecare miez de
noapte este de fapt o revelație. La miezul nopții se
schimbă o zi cu alta, sau o rotație de planetă, sau

orice altceva o fi însemnând acest lucru în măsura-
rea ignorantă a timpului. Şi din subconştient mi s-a
strigat adânc că ajunge! Limita stagnării nu poate fi
dusă până peste maximul ei, pentru că atunci, ca şi
individ, ieşi din evoluţie şi te pierzi în cugetări şi
acţiuni efemere, lipsite de sens. Mi-a trebuit curaj,
extraordinar de mult, să conştientizez că încetase a
mai trece. Şi că astfel venise timpul unei schimbări.

*

*Dar eu de ce trebuie să desenez flori? Tu nu vezi
că eu sunt băieţel???* sau multe altele, pe care din
motive obiective am ales să nu le redau aici.

La prima afirmaţie aş fi vrut să-i răspund, prin
cuvinte de copil, că e bine într-o viaţă să ştii să faci
de toate, să nu te limitezi doar la anumite lucruri şi
că marea cunoaşterii diversificate îţi oferă integra
posibilitate de a alege. Dar m-am gândit că va tre-
bui ca băieţelul să înveţe singur acest lucru, fără a fi
împins de la spate, fără a fi obligat. Alegerea trebuie
să fie a lui. Şi oricum erau nişte banale floricele
lângă un gard imaginat ce-i drept, cam strâmb.

Motivaţia însă mi-a dat de gândit. Ştiţi voi, acea
gândire extraordinară, care îmi presară rândurile în
faţa privirii, urmând ca eu, atunci când le consider

complete să le aştern în scris, oriunde. Pentru că era vorba de schimbarea pe care am avut curajul să o accept, dând dovadă de un optimism debordant, şi anume că o astfel de incursiune nu poate fi decât bună.

Şi pare a fi. Pentru că nu ceea ce spunem devine liantul copilului cu acceptul de învăţare, ci noi. Iar dacă acest lucru ne oferă satisfacţie mult peste nivelul material al schimbării, atunci ajung în acea zonă a extraordinarului care îmi confirmă încă o dată că ce am eu de făcut într-o viaţă, nu se poate cuantifica în cele opt ore de muncă la birou, într-un cadru mai mult sau mai puţin nefast trezirii interioare, nici în munca depusă în aceeaşi perioadă de timp, nici în discuţiile despre subiecte aparent deosebit de importante, dar irelevante în esenţa lor.

Astfel că, zicala *Daţi Cezarului ce este al Cezarului!* devine în cazul meu mult mai suportabilă. Pentru că prin schimbare încep să-mi construiesc în siguranţă imunitatea la tot ce înseamnă infernul societăţii actuale şi ceilalţi: avari, invidioşi, ignoranţi, fără a-şi putea afirma vreun merit personal în ceea ce fac şi, în esenţă, efemeri.

Efemeră este şi umila mea persoană de acum. Doar că învăţ treptat că tot ce contează este drumul până la uitarea în efemeritate. Şi fiecare strop de fericire atrage după sine o ploaie de bucurii.

Astfel am pornit din nou timpul. Orele de muncă în slujba Cezarului trec în zbor, fără să-mi pară nimic greu, prea complicat sau nedrept. O inocenţă netulburată a unui univers de copil creat într-o lume mai mult sau mai puţin dreaptă, îmi oferă liniştea interioară după care strigam cu disperare din mine, atunci când se oprise timpul.

Nu mai aud nici pendula vecinilor, apetitul de extraordinar personal se revelează în orice activitate întreprind. Iar în căderea mea pe gânduri, despicând firul doar în două, căci în patru l-aş fi încurcat din nou, în mod inutil şi nefast, am realizat că schimbarea începuse de fapt când a căzut bătrânul nuc.

Drumul

Drumul despre care o să vă povestesc în următoarele rânduri este unul drept... la fel ca toate drumurile dinspre centrul țării înspre sud-est. Pe o astfel de cale am purces și eu. Dinspre Buzău spre Slobozia și apoi spre Hârșova. Atât de dreaptă de parcă a uitat-o soarta lumii. Frumuseți uitate ale unor vremuri care păreau că nu mai există.

Eu merg întotdeauna molcom, spre oriunde, admirând. Și așa am contemplat potecile existenței românești, fascinante. Acolo nu pare a exista o criză financiară, un guvern morbid sau dări acute la stat. Căci nu au ce. Oamenii aceia trăiesc doar din munca lor. Din roadele pământului. Și asta de mult timp încoace. Pe șosea trec molcomi bicicliști, parcă uimiți că îi depășește cineva. Lași la nesfârșit în urmă căruțe trase de cai, ce dau un farmec și mai pitoresc acestor locuri, simți miros de vară târzie printre miriștile arse. Din loc în loc îi găsești gânditori lângă o grămadă de pepeni sau la taclale cu vecinii, lângă o tarabă încropită din te miri ce în fața porții, la care vând ca mari piețari, tot ce au crescut cu trudă prin grădini și câmpuri. Copii inocenți care mână cârduri de gâște în contrast cu tații lor, care beau o bere pe șanțul după-amiezii, unde au scos la vânzare captura de somotei din Dunăre.

– Am barca cu motor, îmi spuse unul dintre ei. Am zâmbit. Vroiam să-i spun că-l vedeam mai degrabă într-o barcă cu vâsle, așa cum se potrivea mai bine căutăturii lui și curții sărăcăcioase.

Mult timp am să rămân cu gândul la acele locuri. La casele cu pridvoare vechi, cu coloane de lemn sculptate de cine știe care străbunic și moștenite cu sfințenie de familie. La băncile din fața caselor, unde seara are loc un fel de șezătoare. La curțile pline de meri și pruni, la știuleții de porumb și la pepenii duși în căruțe înalte, special încropite pentru așa o recoltă.

Acolo timpul pare că s-a oprit în loc și nici nu vrea să mai treacă. Mai vezi totuși niște bătrânei, surzi, prea încântați de vara târzie, toamna timpurie. Și câte o doamnă tinerică care își plimba bebelușul agale pe o stradă asfaltată, că așa trebuie în această eră, nu că ar fi fost neapărat nevoie. E parcă un alt fel de rai, pe care nu-l găsești descris în nicio carte și niciun crez. Treci în lumea modernă pe la cele două capete ale drumului drept. Un capăt este la barajul de pe Siriu, altul, undeva în Dobrogea, unde răsar rând pe rând, morile eoliene.

Dar, în rest e doar culoare în simplitate și liniște. Și ar trebui să ne dea de gândit, pentru că va veni o vreme când o să ne întoarcem la pământ. Să-l respectăm și să-l mângâiem, ca să ne dea înapoi suflul vieții!

Aș lăsa tot și m-aș așeza pe o bancă în mijlocul șezătorii lor de seară, să mă odihnesc de prea multa trudă, dar zâmbind. Aș insipra adânc fumul gros al miriștilor arse alergând în râs fericit după gâște și aș împărți un boț de îmbucat din truda zilnică cu un bătrân și o bătrână, care să-mi povestească de vremurile de mult apuse, până adorm. Așa ar trebui să fie drumul meu drept.

*

Câteodată nu te întrebi unde ar putea să te ducă un anumit drum. Câteodată nici măcar nu te mai obosești să te uiți la indicatoare. Pur și simplu arunci o privire în treacăt asupra locului de unde ai plecat, poate doar așa, în caz că ai vrea vreodată să te întorci. Și pleci. Nu ți se pare nici ușor, nici greu. Te amuzi cu dezinvoltură de cei care călătoresc împreună cu tine. Toți sunteți foarte conștienți că doar pe această parte de cale sunteți împreună, că la următoarea răscruce o să vă pierdeți unul de celălalt, deoarece fiecare va hotărî care dintre drumuri i se potrivește rațiunii. Rar, foarte rar se întâmplă să fi însoțit de aceiași călători în drumul tău. Și atunci, când te trezești, în fiecare dimineață, îți pui întrebarea dacă la următoarea răscruce ai putea continua fără ei. Incertitudinea te urmărește... pentru că nu știi dacă ar fi posibil, iar neștiința se transformă în dorința cruntă de a încerca. Ai două variante: la următoarea intersectare de drumuri complet diferite, să le întorci spatele și să pornești singur, în egoismul tău, căutând a-ți demonstra că poți și călătorii permanenți din viața ta sunt de o funcționalitate irelevantă. Sau.... ai putea să continui pe drumul început cu mult timp în urmă, să urmărești unul și același țel, după ce l-ai atins căutând disperat a-i îmbunătății liantele care îl formează, să-l transformi în ceva la fel de irelevant ca cei care te însoțesc. Să ajungi să te întrebi de ce la ultima răscruce tu ți-ai ales calea dreaptă și fadă, sau de ce acum două dăți nu ai fost în stare să înfrunți necunoscutul, neantul acela negru, absolut surprinzător pentru că nu ştii niciodată ce fericire te-ar putea aştepta sau ce fel de nenorocire cruntă. Din păcate, dacă există totuşi cineva sau ceva care coordonează minunea asta, numită univers, ţi-a dat puterea de a alege. Din păcate... pentru că dacă s-ar fi hotărât dinainte care să fie ţelul tău şi cum să ţi-l construieşti, poate ai fi avut pe acel ceva sau cineva pe care să-l învinovăţeşti sau ridica în slăvi pentru drumul tău. Dar aşa... trebuie să-ţi conştientizezi cu atenţie fiecare pas, vrei nu vrei. Şi până la urmă totul se rezumă la voinţă. Câtă voinţă ai, încât la o răscruce să laşi tot în urmă, să porneşti fluierând pe alt drum, ca şi cum te-ai plimba sau ai vizita nişte locuri unde probabil ai putea rămâne, sau preferi să te uiţi cu jind după cei care cotesc pe calea cea mai potrivită raţionamentului lor? Sau poate nici măcar nu-i vezi pe aceştia... ci îţi urmezi paşii... aşa cum ai început, fără nici măcar a te întreba, de ce la o răscruce sunt mai multe drumuri. Preferi să fii nebun, să rişti, să coteşti de fiecare dată când hotărăşti tu că aşa e mai bine pentru tine, sau preferi să rămâi pe drumul tău, târându-te latent prin ceea ce ai numi tu viaţă?

*

La urma urmei, în fiecare dintre noi există câte un nebun și câte un ignorant. Noi definim ce primează. La urma urmei și lumea asta s-a împărțit în două: nebuni și ignoranți.

Ignoranții, în nebunia lor, se complac în lucruri efemere.

Nebunii, în ignoranța lor, caută rațiunea de a fi.

Astfel, probabilitatea devine foarte mare ca lucrurile efemere să constituie fundamentul rațiunii de a fi.

Indiferent care ar fi drumul.

Prin timp, prin Balcic

Am învăţat să respir: adânc, mai rar şi uitată de lume. Nici nu ştiam că puteam să respir atât de rar, că în mine există atâta adâncime, că pot să ies dintre aburi de lume şi să văd ce poate alţii nici măcar nu încearcă.

Când pleci spre Balcic prima dată, habar nu ai la ce să te aştepţi... şi se prea poate ca ceea ce te aştepţi să fie la început prea mult şi apoi să devină prea puţin, comparativ cu ceea ce te aşteaptă.

De fapt, începi să înveţi să respiri vizual. Căci acest oraş, plin de reminescenţe artistice văzute şi nevăzute, te poartă întâi pe urme de comunism, lăsând privirii tale acele clădiri de oameni muncitori şi negânditori, te lasă să respiri adânc pe străzi ce s-ar putea numi normale şi cosmopolite în societatea actuală şi apoi te aruncă pe faleză, aşa parcă glumind cu tine. Ar vrea să vadă dacă îți aduci aminte să respiri și dacă mai știi cum să faci acest lucru când timpul te împresoară în alt fel decât ai fost obișnuit. Pentru că stai de fapt pe un colț de stâncă și privești aievea marea, a cărei apă spală încă pași de zei nemuritori, iar din spatele tău răsare timpul din muntele alb. Și timpul, la vremea sa, se transformă în acel povestitor fără voce, dar care îți metamorfozează spațiul încât să vezi, să auzi, să respiri, să știi...

Și visezi cum Dionis s-a transformat într-o statuie albă din cea mai prețioasă piatră, lăsându-se în voia apei. Iar apa l-a dus la poalele stâncilor astfel, încât numele său s-a transformat în numele orașului. Și cum să fie un oraș *Dionysopolis,* altfel decât plin de sărbătoare și de vin, încât să-i calce stâncile la începutul timpului, marii oameni ai antichității, să le urmeze Ovidiu exclamând *O! Oraș de pietre albe, te salut pentru frumusețea ta nemaivăzută!.* Și mai visezi că, auzind acestea, toți se porniră spre acest oraș. Nu a contat de unde veneau, cui încredințau voințele nevăzute ale destinului, ce nume purtau sau altceva. Dar au venit prin timp și au lăsat câte ceva din fiecare el sau ea în Orașul Alb, de stâncă, pe malul Mării Negre.

Voiră de fapt să fie al lor și, prin timp, trebuind să și-l cedeze unul altuia tot datorită acelor voințe nevăzute ale destinelor, au înțeles că nicicând nu va putea fi al lor, ci că ei își vor lăsa o parte din semnificațiile ascunse acolo. Să fie găsite de altcineva. Și apoi povestitorul îți arată Regina care, la fel ca Dionis și Ovidiu a lăsat în timp, adunate, toate semnificațiile vizitatorilor. Să le visezi cum erau o dată, să înțelegi că de fapt orașul nu este decât al lui. Dar să îți arăți recunoașterea față de el, că ți-a permis să-ți porți pașii pe malul mării, să-ți odihnești gândul pe o stâncă albă, care îți va aduce aminte cât de simplă este frumusețea în toată complexitatea ei. Și frumos devine orice, chiar și un război poate fi transformat în grădină de flori. Trebuie să lași doar să treacă vremuri și să ierți destinele rele, să înclini balanța spre fericiri simple, să îți faci prieten timpul, iertător de altfel.

Am învățat să respir, adânc și rar și uitată de lume. Am învățat că idealurile se vor pierde întotdeauna în fața mărețiilor atât de nespuse și de evidente. Am învățat să respir simplu, prin timp, prin Balcic.

Un Zeu Cretin

Îmi pusesem în minte să dispar.

Doar mai dispărusem și mai de mult, de tot, din toți.

Înțelesem însă că nu pot să dispar în deplinătatea mea. O dată cu trecerea timpului devine imposibil. Amprenta sufletului se răsfrânge prea aprig în jur.

Dispariția veni însă, fie ea și incompletă, de unde m-am așteptat mai puțin. Într-un espresso fierbinte cu două cuburi de gheață, precum starea mea de sensibilitate de atunci. Se întâmpla în Balcic, pe terasa suspendată deasupra spumei mării, ce se confunda cu stânca albă a orașului.

Am zâmbit de încântare. Jumătate din lumea mea se pierdea difuz. Jumătatea reală, de altfel, pe care mă chinui mult prea demult să o reneg cumva. Dar nu mă pot abţine să nu alerg minut după minut, să nu mă programez la secundă în tot ce pot face, în tot ce ştiu că pot face. Şi apoi vin regretele pentru că îmi pierd alergând, jumătatea de suflet pentru care de fapt respir, trăiesc, visez.

În plimbarea minţii, pe aleile oraşului artiştilor din vremuri plecate spre alte lumi paralele şi semi-transcendente, mi-am deschis aripile de Euryale, propunându-mi să preschimb în piatră tot ce nu mă definea. M-a ajutat Dionysos cu fiecare pahar de ambrozie vândută sufletului, apoi Poseidon în fiecare dimineaţă dându-mi curaj să mă arunc în braţele lui de mare, în negru albăstrit. Clothos fu milostivă şi îmi opri din nou timpul în Balcic, confundându-mă în stânca albă, urcându-mă apoi în grădinile Reginei unde îmi acordă un repaos de gândire, mai altfel. Nu am obosit nicicum, nicicând, despicată în mii de feluri de zeii, semi-zeii, fii şi fiicele lor.

Erebus îmi arătă doar prima treaptă pe care am urcat mai sigură ca niciodată, Cronos îmi zâmbi promiţător între Hemera şi Nyx care zăboveau una spre răsărit şi cealaltă spre apus, respirând în tandem cu aburi de vreme oprită în loc. Nu m-am odihnit până pe banca de sub bradul plângător, ce se răsfira adiat de Hebe. Acolo am ascultat povestea grădinarului Romanovilor care, pierdut de stăpâni şi izgonit de societate îşi revărsase talentul în Balcic. Nimic nu a fost şi nu va fi etern, dar îndrăzneala de a gândi prin artă deschide drumul către cer.

În penumbră i-am zărit pe Hermes şi pe Haos, iertători de această dată cu sufletul meu, prea răstignit în lumea reală. Mi-am conştientizat fiecare celulă, fie ea şi moartă, şi m-am văzut din interior spre exterior în culori verzi.

Aether mă luă de mână şi mă conduse spre jilţul de piatră sub magnolia îmbătrânită, de unde veneau toate gândurile de înţelepciune. Mă înconjură de irişi, care de care mai aprinşi şi mă oglindi în apa limpede, fără sare, din care îndrăznea să respire din când în când, un boboc de nufăr. Îmi goli mintea şi mă întrebă pe rând, cu fiecare pas, altceva, dar nu puteam să răspund imediat, involuntar, pentru că nu existau cuvinte.

Tu când gândeşti în odihnă? M-am ridicat de pe piatră pentru că nu ştiam.

Tu când te plimbi fără vreun ţel anume? Nici asta nu ştiam.

Urcă cu mine până la izvorul creştinesc.

Tu când te hrăneşti pe tine? Nu ştiam.

Intră cu mine în capelă, unde pentru un moment am putut să o admirăm pe regină în haine plumburii, aşezată în jilţul de lemn, cu capul sprijinit de icoana Fecioarei Maria, rugându-se în liniştea-i profundă.

Tu când te rogi? Am aprins o lumânare, ca lumina ei să mă ardă de răspunsurile inexistente.

În grădina cu trandafiri, ce dansau în mii de culori, îmi aduse înapoi gândurile copilăriei şi mă lăsă să caut cu inocenţa ei, trandafirii de dulceaţă.

Aether îşi luă rămas bun închizându-mi sufletul curat şi o chemă pe Calliope să mă îngâne în urcare până unde mă aştepta Dionysos, cu vin de migdale şi miere, ca o insuflare spre inspiraţia neştiută. Euterpe mă conduse spre poarta de lângă roata de lemn ce învârte apele unui izvor dulce-amărui care se varsă apoi în marea sărată. Mă lăsă pentru o clipă din prag să privesc înapoi. Pe culmile grădinilor, de pe câte un vârf de stâncă, printre crengi aplecate spre pământ sau de peste petale de flori ce se pierdeau în vântul serii, mă petreceau umbrele tuturor, confundate în zarea apusului, cu fantomaticele apariţii ale grădinilor din Balcic.

Mi-am închis cercul inspirativ într-o altă cafea cu două cuburi de gheaţă, băută pe aceeaşi terasă suspendată peste spuma mării.

În drum spre casă, alergând nefast printre mii de flori ale soarelui și câmpii cu spice secerate am avut revelația unei mari nedreptăți. Nu se poate să-i arăți unui suflet puterea pe care o are, să nu i-o dai, nici măcar un strop din ea. Și apoi să-l arunci înapoi, în infern, doar așa, pentru că poți.

Trebuie ca Zeus să mai fi avut un fiu. Sigur. Un zeu sau semi-zeu fără suflet, cu menirea de a arăta, dar de a nu da, a nu permite, nu lăsa. Căci nu-mi pot explica altfel lumea mea. E sigur un zeu nebun, ba nu, un zeu cretin, ce îmi presară suferință în jumătatea mea de suflet gol, pe care nu îl deschide nici măcar în zi de lumină inspirativă absolută. Altfel nu îmi explic ce se întâmplă.

Întâi îmi arată biblioteca mea cu cărțile atât de dragi, așezate după un calapod știut doar de mine. Apoi nu mă lasă să le deschid nici măcar pentru o secundă, să le mângâi cu privirea, paginile pline de cuvinte. Îmi arată orașul în toată minunăția lui, dar apoi nu îmi permite o plimbare, fie ea cât de scurtă, ci îmi aleargă pașii spre vreun loc, care îmi displace oricum. Îmi deschide ochii să văd natura în frumusețea ei de nedescris, apoi mă urcă în mașina care pare a avea o singură pedală, de accelerație, apăsată până în infern. Mă învață în fiecare zi arta culinară, pe care o desăvârșesc cu cea mai mare plăcere, apoi

nu mă lasă să o degust. Când se roagă toţi, la asfin-
ţit, tot nu-mi dă nici măcar un repaos între două
respiraţii. Mă îndrăgosteşte, aparent definitiv şi ire-
vocabil, apoi mă îndrăgosteşte încă de câteva ori,
doar aşa să îmi frângă sufletul în cine ştie ce zări
pline de ură. Îmi aruncă cuvinte alandala în minte,
frânturi de poveşti, doar că apoi nu mă lasă să le
aştern şi îmi mai şi reaminteşte în cel mai dureros
mod posibil că am toate şansele să nu mai ies din
cercul vicios al răcelii sufleteşti, să nu mai dispar.

Dar... am reuşit să îmi salvez cafeaua cu două
cuburi de gheaţă, uite aşa, pentru că este doar pen-
tru mine. Când mă gândesc la revelaţiile din Balcic,
înainte de apusul soarelui, îmi pare că nu se poate
altfel. Nu sunt eu vinovată. Sunt doar la mâna unui
zeu nebun, ba nu, a unui zeu cretin, care face ce vrea
din mine, distrugând ultimul dram de inspiraţie şi
voinţă.

Îmi beau cafeaua prin fericirile trecute. Cele
două cuburi de gheaţă mă completează perfect. Mă
lipsesc de gânduri şi cuvinte. Îmi rămân doar trei,
dulci - amare, cu iz de migdale şi gust de miere:

Un zeu cretin...
Ce Zeu Cretin...

Hipocampusul din canapea

Mi-a luat ceva timp să gândesc următoarele rânduri. Deoarece, ca întotdeauna, nu ne găsim cuvintele potrivite să exprimăm lucruri atât de simple. Astfel că așternerea pe hârtie a câtorva gânduri, care se doresc a fi preludiul multor altora ce vor urma a durat mai mult decât ar fi trebuit, mai mult decât mă așteptam, mai mult din timpul și așa relativ.

Iar povestea s-a pierdut în *răsfoirea* paginilor de Internet, nenumărate, pentru a afla cât mai multe detalii despre realitatea unui hipocampus. Știam și eu, și bănuiesc că și voi, că este o parte din creier, format din materie cenușie, cu un rol important în procesul de memorare. Apoi am descoperit alte lucruri interesante: creierul uman folosește destulă energie în stare activă cât să aprindă un bec, un neuron are între 1.000 și 10.000 de sinapse, iar un creier, între 100 și 200 miliarde neuroni. Ce cifre mari! Dar folosim doar 10% din el. Această cifră este un maxim stipulat pe Internet, iar în optimismul meu am ignorat orice cifră mai mică. Ținând cont că doar 40% este materie cenușie, constatăm printr-un calcul simplu că folosim prea puțin pentru diferite funcții ale materii cenușii, inclusiv memoria. Aceasta, vulnerabilă, poate să se frângă într-o fracțiune de secundă. Să dispară, să se transforme, să rețină doar ce vrea ea, fără a avea un control asupra ei. Prin deducere logică, dacă memoria se poate reduce atât de simplu la nimic, putem deveni și noi într-o fracțiune de secundă, neant. Mă refer la viața actuală și memoriile acestei vieți.

Astfel că instinctul meu de conservare, cu foarte mulți ani înainte de a fi știut aceste cifre controversate, și-a pus hipocampusul la păstrare: în două cutii de papuci, ascunse de praf și de ani, în canapea. Canapeaua s-a mai schimbat de-a lungul timpului, dar cutiile au rămas aceleași, umplute ordonat și cronologic cu amintiri pe care memoria, creierul meu de umanitate actuală le-ar fi refuzat tot mai acid, transformându-le în ceva ce aș fi știut că am uitat, dar fără să-mi fi putut aminti. Apoi am extins și aria de cuprindere a cutiilor și canapelei în toată camera mea de copil, păstrând o regulă de aur: vechimea amintirilor se definește prin distanța față de cutiile din canapea. Cu cât se află mai departe, cu atât hipocampusul este mai nou depozitat. Dar tot în ani destui trebuie să le măsor, căci de mult am părăsit acea cameră de copil.

Mă întorc în ea aproape săptămânal și le analizez. Nu am păstrat decât amintiri frumoase. Pentru un străin aș putea părea o persoană fără experiențe negative. Dar totul depinde de a ști să le transformi și pe acestea în ceva util.

Sunt acolo poeziile mele, textele mele vechi, dar care îmi reamintesc că poate aceasta este menirea mea, bănuți cine știe de ce puși bine acolo, fundițe, scoici și o minunată colecție de vederi și diapozitive adunate de pe unde chiar nu mai țin minte. Inventasem un alfabet format din litere înflorate (îl numisem Fruez), pe care îl foloseam să transcriu fabule de Lev Tolstoi, creând alături desene impresionante, din mintea mea de copil. Îmi sacrificasem o parte din colecția de vederi cu flori pentru a crea un colaj sublim în culoare și semnificații, pe care mama și acum îl păstrează pe perete. Sub el am scris primele mele cuvinte în franceză: *La merveilleuse creation de Dieu*. Atât de mare mi se părea acel tablou când l-am creat, dar acum realizez cât de mică începe să-mi devină lumea, cu cât mai multe amitiri culeg din grădina ei.

Şi pentru a nu uita, am creat hipocampusul din canapea, l-am cuprins apoi într-o cameră de copil, l-am scris pe file de agende vechi iar apoi, cu paşi mărunţi am început să-l transcriu spre eternitate.

Spre mulţumirea mea, dacă vreodată uit, inevitabil îmi voi aminti. Iar marea mea realizare nu este doar colecţia de orice şi din oricând, cu o valore inestimabilă. Ci inestimabilă va fi constarea că, pentru desăvârşirea sufletească nu este nevoie de vieţi şi trăiri spectaculoase, ci doar de amintiri şi împliniri din lucruri simple, strânse în cutii de papuci, într-o canapea dintr-o cameră de copil, într-un jurnal de om matur.

Oglindă de iad,
din rai de Femeie

- *Tu din ce Rai ai căzut înapoi pe pământ?*

Răspunsul nu veni nici aşteptat, nici previzibil, nici atât de repede, încât să nu se închidă încă ră-suflarea cuvintelor abia rostite.

Ce Rai? Există un Rai? De unde să fi venit? Sau să fi căzut... aşa cum spusese cel ce abia îşi rostise cuvintele culese din cine ştie ce războaie aprinse.

*

Lumile ei aprinse erau din iad, din iadul lor, al femeilor. Căci orice rai îşi are oglinda într-un iad. Şi cum să fie altfel când iadul de fapt şi-l fac singure. Şi asta doar să fie sigure că va fi bine. În binele lor, bărbatul nu va şti niciodată ce să înţeleagă. Cât bine poate fi de fapt în binele considerat a nu fi destul?

Căci binele lor e de fapt o luptă. E o luptă de la naşterea feminismului şi sunt câţiva ani buni de iad de atunci, prin care vor să fie egale bărbaţilor. Iadul a rezultat din constatarea că nu vor fi niciodată egale. Pentru că ei duc total alte lupte, parcă din lumi paralele.

Pentru că ele şi doar ele, duc un război de când îşi conştientizează feminitatea recunoscută naiv în oglinda copilăriei, până când se maturizează. Când lupta, tot în oglindă, începe în fiecare dimineaţă din alegerea culorilor de machiaj asortate hainelor, din discursul motivaţional rostit tot în oglindă, tot dimineaţa, pentru a trece de iadul din întreaga zi, continuă în lupte infernale la un loc de muncă, pe care oricum ar fi, îl consideră cu mult sub posibilităţile lor, se prelungeşte după-amiaza prin treburi văzute mult mai casnice şi mai insipide decât ar fi ele, se luptă să urce puţin spre rai, să binecuvânteze deliciile culinare, trecute prin foc şi ape, şi se mai luptă încă o dată, spre început de seară să îşi etaleze totuşi farmecul, mai mult sau mai puţin interior, iar asta depinde doar de oglinda fiecăreia. Doar prin farmec se încununează la sfârşitul luptei, femeia.

Dar lupta lor nu le oboseşte nicicând, comparativ cu bărbaţii, care după fiecare război, în orice oglindă ar fi el, au nevoie de odihnă. Ele o iau de la capăt în fiecare dimineaţă, ducând aceeaşi luptă care, de fiecare dată, pare şi mai fascinantă. Şi de ce ar obosi, căci motivaţia nu vine doar din oglinda de fiecare zi, ci şi din oglinzile celorlalţi. Şi cât de greu ar fi, îţi zâmbesc din lumi de iad, urcând spre rai, clădesc şi prăbuşesc imperii de suflete, întorcând pe dos războaiele bărbaţilor, conducând lumile din oglinzile lor, fără a-şi asuma răspunderi ulterioare, doar premature, nesocotind odihnile binevoitoare.

Şi farmecă mai departe, câteodată fără să ştie, altădată conştiente de deplinătatea puterii lor, fiecare zi din viaţa lor aprinsă prea mult, farmecă orice lucru şi în orice moment nefast sau nu şi, când se recunosc, luminează focuri poate de mult stinse sau poate necunoscute din totdeauna.

Pentru că ea, femeia, dă sens în tot şi a toate, chiar dacă sensul lor nu-l vor înţelege niciodată bărbaţii în războaiele pe care le vor purta mereu, cu totul diferite decât lupta lor.

Pentru că ea, femeia trezeşte zâmbete şi pasiuni, chiar dacă acestea par a se fi stins cu prea mult timp în urmă.

Pentru că ea, femeia ridică foc din iad spre rai, se întoarce și mai urcă încă de o mie de ori, nevrând să se stingă.

Ea. Femeia.

*

Adunându-și gândurile spre rai, renunță la iadul ei care, de această dată, în privirea lui pierdută în războaiele uitate nu-și mai avea rostul.

Îi mângâie obrazul atât de aspru cu palma ei atât de fină de atâtea lupte și îi șopti răspunsul la fel de tandru precum întrebarea lui:

— Mângâierea asta e din Raiul din care am revenit...

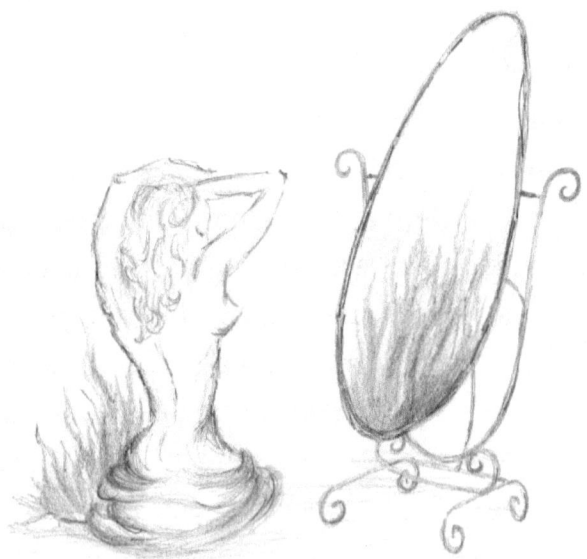

Salata, fără timp

Aş fi vrut să cântăm la pian în tandem, sub clar
de lună, un Debussy. Adânc, apăsând clapele ca şi
cum ar fi fost pentru prima dată şi ultima dată în
acelaşi timp. Să-mi atingi braţele, mâinile, fiecare
deget, coborând uşor pe alb şi negru, continuân-
du-mi sunetul. Iar când aş fi rămas cu gesturile în
aer, să mă înconjori în tine, lăsând pianul să cânte
singur, sub clar de lună, un Debussy, în tandem cu noi.

Aş fi vrut să ne plimbăm. Simplu sau de mână,
pe malul apelor limpezi, în toamnă, în ploaie sau
nici nu mai ştiu, să uit de timp. Să-mi îndrepţi paşii
pe poteci sigure, ascunse. Să mă iei de mijloc şi să
mă protejezi de înălţimi deşarte. Şi când respiraţia
mi s-ar fi oprit, să respiri în mine, în toamnă, sim-
plu sau de mână, călcând apăsat, peste secundele
timpului, ca peste nişte frunze îngălbenite.

Aş fi vrut să îmi zâmbeşti. Să nu mai fim aşa serioşi, să nu ne mai privim până în ultimul adânc. Sau să nu-ţi mai evit privirea atât de dureroasă, de fiecare dată când treci pe lângă mine, prefăcându-te că nu exist, când eşti atât de conştient de prezenţa mea. Şi când vei fi îndrăznit, cu ultima fărâmă de curaj, să mă priveşti zâmbind, să îţi zâmbesc şi eu.

Aş fi vrut să dansăm. Orice, lent sau andante. Ritmul te-ar lăsa să mă atingi şi să-mi frămânţi fiecare celulă adormită, să mă trezeşti frumos, plutind, spre tine, cu fiecare pas mai aproape şi mai departe în acelaşi timp. Şi când voi fi îndrăznit să mă opresc, să mă inviţi din nou la dans.

Aş fi vrut să-mi amintesc fiecare dată când te-ai apropiat de mine să mă săruţi cordial. Motivul oricum nu-l mai ştiu, dar a fost ca şi cum m-aş fi pierdut exact în acel moment al apropierii tale. Nu mi-am dat seama, doar atunci când deja te îndepărtai de mine, atingându-mi doar mâna, în pasul înapoi. Poate dacă vreodată îţi vei fi dat seama de inconştienţa mea, să mă săruţi din nou, cordial, fără motiv.

Aş fi vrut să nu-ţi mai muşti buzele în timp ce îmi vorbeşti. Mă faci să-ţi pierd şirul şi orice sens. Oricum nu te înţeleg şi orice cuvânt în plus nu îşi mai are rostul. Când îţi vei fi dat seama de privirea mea fixată asupra gurii tale, să mă laşi să-ţi muşc eu buza de jos, atât de aprig, sângerând, până mă vei fi simţit, prin durerea ta.

Aş fi vrut să nu mai fim de modă veche. Să trecem peste principiile îndoctrinate. Cine s-ar fi gândit la noi, amândoi, atât de aproape şi atât de departe în acelaşi timp ?! Acel *Nu*... să fi făcut parte din joc şi să ne oprim timpul din când în când, ocazional, povestind ca vechi prieteni, plimbându-ne prin ploi tardive, râzând, până când ritmul ne-ar fi lăsat fără respiraţii şi inconştienţi.

Aş fi vrut să te învăţ să bei din cafeaua mea fierbinte, cu două cuburi de gheaţă, uitând de îndrăzneala ascunsă a prematurităţii unui pahar cu vin. Să fi fost noi doi împreună, şi în aprinderea ceştii, câte o frântură de gheaţă pentru fiecare. Atunci când vei fi învăţat că o astfel de clipă de inspiraţie te mai învie când pierzi, să mă regăseşti în fiecare dimineaţă, chiar dacă poate, doar în gând.

Dar nu...

Tu ai lăsat în urmă clarul de lună, toamna, dansul, până şi sărutul cordial. Nu mi-ai zâmbit, ci ai rostit cu o seriozitate absolută, muşcându-ţi buza de jos, mai aprig decât orice ploaie aprinsă, că e de ajuns... o salată.

Ai renunţat la tandem, să mă atingi, să mă respiri, să mă inviţi la dans, să îmi recunoşti inconştienţa; dar ai fost dureros de real şi imperceptibil de tandru, fierbinte şi presărat cu frânturi de cuburi îngheţate în acelaşi timp:

Doar o salată de crudităţi, crezi că mai ai timp de altceva?

203

Existau aproximativ 203 de motive să nu simt. Şi tot 203 erau frazele care, în mintea mea se învălmă-şeau începând cu *Nu*.

Dar am călcat pe asfaltul îngheţat. Îmi aminteam amar cum mă înghiţea odată smoala neagră şi fier-binte în drum spre cafeneaua în care scriam. Acum nu mai eram nesigură în paşii mei, căci nu mai exista acel loc, în colţ de stradă, unde îmi beam ca-feaua singură, la o masă stingheră şi scriam abitir, sub o veioză verde. Pe atunci aveam inspiraţie. Acum încercam din răsputeri să o regăsesc în ace-laşi oraş pe care nu-l respectasem niciodată.

Evitându-ţi privirea, mă redescopeream în ca-feaua mea cu două cuburi de gheaţă, întrebân-du-mă dacă o să-mi dai voie să mă inspiri. Şi se întâmpla agale, cu fiecare cuvânt pierdut între paharele de vin şi fumul ce ne învăluia, să-mi revină fericiri de mult uitate, să las la o parte faţadele fruste şi să fiu eu. Habar nu aveam că îmi fusese greu la un moment dat să nu mă mai arăt. Credeam că parcursesem drumul până la a mă ascunde atât de uşor, încât devenisem credibilă până şi pentru mine.

M-am surprins râzând. Nu mai ştiu din ce motiv. Dar am tot râs. Era undeva un ceas mare de tot, prins într-o cârmă de vapor. Atârna cam redundant de perete şi îmi venise în minte, timpul. De atâta veselie îi devenira şi lui secundele pierdute în liniile difuze, incolore din pereţi.

Ne-am surprins răsfoind altfel de poveşti, care nu sunt de spus aşa, oricui. Poate de aceea, se retraseră toţi oamenii din jur. Zidurile căzură undeva în urma vorbelor tale, completărilor mele. Ne-am trezit din revelaţii târziu de tot, când în ceaşca mea rămăsese doar o urmă de cafea, decolorată pe alocuri de stropii de gheaţă, când în paharul tău mai exista doar o culoare, pierdută în anostul ce îl anulasem cumva, prin zâmbete şi timp şi cuvinte. Recunoşteam fiecare, în tăcere memorabilă, cât de învălmăşiţi eram.

Când ne potrivirăm pașii aveam o destinație bine stabilită. Și, oricât de devreme era în dimineață, naturalețea respirațiilor noastre împrăștie peste oraș o ceață deasă, amorțită din loc în loc, de lumini. Le aprinsese citadela în dorința-i nestrămutată de a nu ne pierde. Dar nici ea nu știa, cum nu știam nici noi, că mâinile noastre se iubeau încă de la primul pas, în tandem, pe străzile goale. Atât de pustii, încât tu puteai să-mi auzi gândurile, iar eu îți pricepeam răspunsurile. Prin aburul dens mai zâmbeam din când în când, încălzind din mine în tine, orice urmă de realism obscur.

Și, ca și cum nu fuseseră de ajuns trotuarele doar pentru noi, orașul își golise parcul de orice suflet încarnat în uman și ne lăsă să pătrundem în el, adânc, să uităm de orice lume, să ne pierdem și mai abitir către orice lume. Eu îi călcam năvalnic aleile, în amintiri de copil fericit, tu mă urmai agale, acoperindu-mi pașii. Și ne pierdeam în mijlocul unei povești fără a-i ști finalul. Doar când ridicam privirea spre ceața dintre crengi, auzeam un umil concert de liniști nemaiîntâlnite în sufletul unui oraș. Era singurul pod spre realitate, incomparabil cu cele peste care ne purtaseră pașii, în drum spre destinația ce avea să se schimbe rapid dar umil, stingher dar colorat, fierbinte dar irevocabil.

Mi-am amintit de 203, parcă erau motive. Însă le pierdusem de mult în tine, în inspirația care nu credeam la început că o vom împărți.

Mai târziu, ți-ai încleștat mâna în șuvițele mele castanii. M-ai tras ușor de păr, lăsându-mi capul să privească în oglindă. Nu m-ai lăsat să te întreb cine ești. Mi-ai spus doar să închid ochii și să-ți rostesc numele. Am înțeles atunci că, în ceașca mea de cafea, ochii ți se topiseră mai repede decât cuburile de gheață. Și te-am lăsat să topești în mine tot ce încă nu se amestecase din culoarea cafelei mele. Întrebam doar revelativ *de când*, știind în ferecarea verde a zidurilor ce le construisem din noi, că răspunsul nu-l voi afla niciodată.

Mai târziu am realizat că ninge. Era prima zăpadă, în culori, ce o distorsionam irealist prin sticla amară. M-am încumetat, singură de această dată, să-mi port urmele pe străzi. Gândurile alunecau cu fiecare pas. Dar timpul așternuse cumva și asupra ta o ninsoare adâncă, din care nu te puteam regăsi fără tine. Construisem, fără să mă grăbesc, zidurile la locul lor, umplusem ceașca de cafea cu gheață și paharele cu vin sângeriu. Fără a-mi dori ceva anume o dată cu primul fulg și fără a aștepta ceva.

*

Se obişnuiseră prin mişcările paralele cu ideea, că lumina se va stinge. Şi, la urma urmei oricum ea era paralela lor.

Căci nimic nu-şi întrepătrunde calea fără efortul asiduu al uneia dintre părţi. Dacă efortul devine nefast, paralela se reface în mod irevocabil.

Există însă munci împletite, care se vor întrepătrunde suav şi lent cu flacăra ce arde necontenit, spre infinit.

Doar ca nu ne-am deschis spre a nu alege şi nici nu ne-am decis să aşteptăm.

Predestinarea a devenit doar o poveste din cărţi ezoterice, prea de demult neînţelese.

De ce să nu alegi, dacă poţi?! De ce să aştepţi, dacă nu vrei?!

E tocmai jocul care te închide dinspre lumea ta spre alte lumi....

Decizia e uriaşa concluzie a luptelor din căutări.

Sublimă e constatarea umilei fiinţe luminate:

Nu aleg... Aştept...

Prima zăpadă

Uite, iubito, prin sticla amară, a început să ningă.
Agale şi apoi înfiorător.
Era prea frig şi vântul rostea mii de şoapte
în acelaşi timp, încât mă lipsea de înţeles.
Se-nvolburau fulgii de nea sub o lumină difuză,
de decembrie.

Uite, iubito, prin ochii tăi văd stropi de zăpadă
cum se pierd.
Agale şi apoi înfiorător.
Te pierzi şi tu în vânt şi eu mă învălmăşesc
în prezenţa ta, încercând să-ţi citesc
măcar un gând.
Dar devii iligibil de obscură şi parcă te transformi
şi nu mai eşti aici.

Uite, iubito, prin ninsoare, te văd cum îți iei zborul.
Agale şi apoi înfiorător.
Te laşi purtată de străzi până părăseşti oraşul tăcut,
sub umezeala ce nu mai vrea să coloreze.
Pluteşti inert peste dealuri ce devin sub
iradierea ta, tot mai albe.

Uite, iubito, e ciudat cum simpla ta trecere,
transformă.
Agale şi apoi înfiorător.
Tot ce-i murdar şi hidos, rescrii în cast şi puritate,
aducând aminte de unde am pornit.
Nu mai sunt ape, nici poteci, nici noi,
Doar o transparenţă.

Uite, iubito, mi-e frică să privesc cum te întorci.
Agale şi apoi înfiorător.
Treci prin timp şi aburi de lumină şi parcă-ţi con-
topeşti corpul în pervazul mult prea rece.
Îmi zâmbeşti din două fire de nea ce ne ating
fereastra.

Uite, iubito, mă mir şi eu ce linişte e-n noi.
Agale şi apoi înfiorător.
Mă mângâi cu priviri şi din cuvinte şi parcă uit că
vijelia se revoltă şi mai abitir afară.

Aici troznește jarul într-o sobă imaginară,
Construită din culori.

Uite, iubito, închid ochii și învăț să te descopăr.
Agale și apoi înfiorător.
Cine mai crede în lumini și metamorfoze
controversate, uitate în pământuri?!
Cine mai vrea să creadă în fericiri simpliste
și fără de iertări?!

Uite, iubito, hai să uităm de fulgi și să citim o carte.
Agale și apoi înfiorător.
Să-i atingem coperțile abrupte fugind în lumi
imaginare, printre rândurile aliniate la nesfârșit.
Să nu mai exprimăm nimic, ci doar în gând să ne
atingem.

Uite, iubito, adormi în brațe-mi fără zbucium.
Agale și apoi înfiorător.
Visezi. Tresari. Respiri și tânguiești din adânc și
devii translucidă și te stingi domol.
Te topești precum nămeții dimprejur, așteptând
parcă să te reclădesc.

Uite, iubito, prin sticla amară a început să ningă.
Agale și apoi înfiorător.

E prima zăpadă ce-ți șterge urmele negre de pe
caldarâm și mă lasă să le acopăr cu pașii mei.
Lasă un gând să aburească fereastra-ți de pe
frunte, să-l pot citi doar eu.

Uite, iubito, a început să ningă.
Agale și apoi înfiorător.
E prima zăpadă.
În culori.

Violența ipocrită
a unei culori inverse

Mai demult aveam scuze, insipide ce-i drept, pentru orice lipsă de imaginație. Cu motivații pentru pauze de scris, momentul de inexistență. Habar nu am ce să deriv acum. E ca și cum aș fi suferit o resetare amnezică a tot ce aveam de gând să înșir printre și în rânduri. Și când reușisem în ultimul zvâcnet de raționament să strâng două, trei frânturi... se prosti vremea.

Pornise ploaia de vreo oră și câteva zile bune. Am perceput-o abia când am auzit undeva pe fundalul melodiei lui Chilian despre frumusețea unei zile de luni, scârțâitul defect al ștergătoarelor de parbriz. Ploua ud și încețoșat, în frig prea vremelnic. Nu știam la ce să renunț întâi, la pantofi sau la umbrelă, căci barometrul meu îi adora pe primii şi o respingea vehement pe cea din urmă. Ah, până şi noua mea coafură, adaptată unei zile însorite de toamnă, n-avea niciun chef să se zbârlească în vântul dimineţii. Am oprit la intersecţie. Se luptau madamele fără personalitate, corpuri văratice de invidiat, să mai arate ceva din frumuseţea lor trecătoare pe sub mantalele înfăşurate bine, dar încă nesigur, în jurul taliei. Tocurile se asfixiau în mâzga trecerilor de pietoni şi claxoanele ameţite din cauciucurile de vară. Mi-am sprijinit capul în palma stângă, cu cotul înfipt în volan, admirând impropiu mediul în care încercam să avansez.

Doamne, lumea asta răsturnată a cui o fi, că a noastră sigur nu-i...

Trecu dimineaţa în refuzul ulterior la fel de vehement, ca şi al barometrului faţă de umbrelă, al provocării, fără să arunc măcar o privire pe geamul aburit pe interior şi atât de oripilat pe dinafară. Auzeam sporadic cuvinte din familia lui *a ninge*, pe care în vocabularul meu nu le regăseam, deşi încercasem să mi le reînsuşesc, măcar de dragul complezenţei.

La dracu cu prima zapadă. A, da, asta sigur nu-i a lui Dumnezeu, e venită din vreun iad răzbunător!

Că eu ştiam doar, din hipocampus, că întâi vine bruma să picteze uliţele şi apoi ploaia să spele culorile, pregătindu-şi frontul pentru imaculat. Nu albul să acopere ploaia în strada încă verde. Ce culoare inversă mai e şi asta?! Şi rece mai ales. Nici măcar Zeul meu cretin nu ar fi putut să gândească o asemenea ipocrizie.

Mi-a trebuit o cantitate impresionabilă de curaj şi avânt infiltrat amar în plămâni să ies dintre betoane, în seară. Pe jos mureau crengi cu frunze încă verzui în zloată ameţită, smulse cu sete din pomii ce parcă mai credeau în toamnă. Ce zbucium contrastant! Erau ninse toate dealurile crude. Şi pe străzi, numai nebuni. Alergau dezorientaţi, alungând împrăştiat orice urmă de cerebralitate. Ca şi vecinii mei, din blocul interminabil în norii negri de această dată, care tocmai azi se înghesuiau la lift. Aşa doar, ca să înjur contemplând revocabil treaptă cu treaptă, dezordinea de afară. De data asta nu mai aveam pe cine să dau vina, sigur omul de la meteo îşi demonstra poate pentru prima dată inocenţa.

E prea devreme pentru vinuri fierte, doar viile gem sub zloată, încă neculese. Prea devreme pentru înghesuiri în cafenele cenuşii, în care timpul se numără nu doar prin calitatea companiei, ci şi prin cât va dura până ajungi şi îţi deşiri straturile de haine, să devii comod şi complezent, iar mai apoi să refaci tot ritualul de-a-ndoaselea. Mult prea devreme pentru lanţuri de fumuri neîntrerupte din acoperişele satelor. Şi da, prea timpuriu pentru întuneric atât de curând în zi.

Se pare că terminasem vremelnic cafeaua mea cu gheaţă, în speranţa, deşartă de acum, că-mi voi regăsi inspiraţiile în raiul anotimpului următor. Căci nici prin cap nu mi-ar fi trecut că iarna va viola atât de revoltător vara, ucigând cu o cruzime de-a dreptul neîntemeiată, graniţa care le despărţea în veşnicie: Toamna.

Şi când te gândeşti că îmi plăcea ploaia... Măruntă şi rece, care cădea prin noiembrie târziu, transformându-se sporadic în fulgi mici de nea, ce mai apoi încercau să acopere nişte vârfuri anoste de copaci dezveliţi. Şi mai îmi plăceau şi aburii respiraţiei ce se preschimbau în ceaţa toamnei din alte vremuri. Şi jarul în soba de teracotă, trosnind a căldura din noi. Pe atunci deschideam foile albe şi le umpleam în neştire cu rânduri alese, nesocotind timpul.

Iubeam ploaia şi toamna şi focul. Îndrăgeam secunda şi imaculatul.

Acum m-am pierdut în prima zăpadă, răsfrântă înfrigurat, deasupra pomilor încă nedezbrăcaţi.

Zloata străinului

Asfaltul pierdut din zăpezile amare se amesteca cu noroiul adus din şanţuri, cu bălegarul lăsat în urma căruţelor hârbe, cu zeama de ploaie albastră, deviind orice urmă de culoare în neant.

Îşi târa piciorul bolnav ca pe o prelungire ostentativă şi redundantă. Mai în urmă-i se întindea un fir de lână zoios, deşirat din şoseta ruptă, ale cărei margini ieşeau din carâmbul întrerupt a ce fusese cândva, de mult, o cizmă.

Urla amărât în gând, ca un preludiu al vorbelor ce le-ar fi rostit dacă s-ar fi întâlnit cu cineva cunoscut. Dar cine să-l mai cunoască?! Un trecător, din când în când, îi arunca peste umăr, tardiv, un bineţe şoptit. Dar nu le ştia chipurile, erau prea tineri pentru carâmbul lui. Şi asfaltul pe care păşea acoperea o uliță vremuită, de pe la o țară, ce tot de mult nu-i mai aparținea.

Acel salut din partea oricui către oricine și-l amintea. Erau timpuri când rostea el primul vorba de întâmpinare, dintr-o respirație, aprig și clar. Căci tinerețea respecta bătrânețile în toate-i formele. Acum stima-i părea estompată de zloata prin care se târa.

Și gândul ce i se prelingea pe fruntea-i umezită în dimineața cenușie era că toate acopereau același sat. Iar firavul gând se amăgea din anii uitați în zidăriile caselor vechi, renovate prin timp, de oameni.

Privi în urma-i ce se întindea pe drumeagul drept, apăsată din când în când de firul de lână, scurgându-se prin carâmb. Oftatul i se opri între coastele-i ce abia-i mai țineau trupul laolaltă, obosit de trudă, în vremuri mult prea hâde. Nici măcar nu mai putu tresări, ci o urmă de zâmbet i se zbătu într-un colț de ochi. Căci la răscrucea dinainte-i, înghesuit între două căi, i se arătă un vârf de piatră. Aceeași stâncă ce o urniseră de mult, în joacă de copii, și o așezaseră hotar. Acum mai era doar o solitudine, căpătuită de vânt și ploi, cu rădăcina-i muiată mult prea mult în glod.

Păși bolnav, fără să schimbe prin ultima-i urmă de putere calea firului dindărătul său. Când se așeză

pe vârful acela şi privi spre strada dreaptă, nici mă-
car nu-i putea zări capătul.

Îşi mângâie cu degetele obosite carâmbul încăl-
ţării. Tandreţea i se pierdu între bătături şi pielea-i
moartă, atârnând de palmele brăzdate de amar de
vremuri.

Cu arătătorul mâinii drepte, încovoiat la fel ca
trupu-i, îşi opri deşirarea firului de lână şi încercă
pentru o clipă, prin ochii împăienjeniţi să-i recu-
noască culoarea. Dar zloata preschimbase tot în ea,
ca un camelon rătăcit din cine mai ştie ce emisferă.

Acelaşi deget, cu unghie îngălbenită, arsă de pă-
mânturi, începu să răsucească acelaşi fir zoios, îna-
poi spre carâmb, vrând parcă să-şi reclădească
şoseta-i ruptă.

În asfaltul dinainte-i se construia în apa limpe-
zită a ploii, o peliculă fără culori, o imagine ce cu
fiecare înfăşurare a lânii peste pielea-i, se desfăşura
tot mai repede, mai aprig, mai luminos.

Se văzu departe, atât de departe, încât nici sufle-
tul său nu îşi mai amintea pe unde se presărase.
Erau căi atât de puternice-n durere încât, prin timp,
îl purtaseră înapoi. Era mult prea străin de acele lo-
curi nefaste omenirii. Nu reuşise să se aprindă şi
vremurile nu îl iertaseră. Gârboveala îşi avea şi ea,
sensul ei.

Se revăzu privind în urmă-i, în ziua depărtării, când pe culmea dindărătu-i se creionau casele și livezile tot mai mici, mai estompate.

Pelicula îi arătă același vârf de stâncă, la vechiul hotar, unde preotul, bătrân și el de când lumea, oprise alaiul funerar. Nu putuse să-și îndrepte privirea spre trupul prins între patru scânduri, al celei ce ar fi trebuit să îl însoțească în deșirarea firului de lână până nu ar mai fi existat niciun carâmb. Își lăsase ochii să se odihnească pe piatră, așa cum își lăsa acum coastele să respire tot acolo. Pe lângă același hotar trecuse și el în ziua nuntirii sale, în drum spre biserica unde fuseseră botezați.

Asfaltul preschimbă culoarea zloatei în veselia-i nemărginită de altă dată. Pe atunci avea aripi și visa că-și poate contempla pământul precum uliul, ce nu încetase niciodată să-l vâneze. Avea putere să clădească tot, să îl dărâme, să îl refacă, ca și cum nevolnicia lucrurilor distruse nu ar fi existat.

Pe atunci se colorau și casele, și livezile și singurul stăpân al lumii îngrădite era soarele, de la răsărit până la apus.

Se revăzu copil zburdalnic, în cârdășie nevinovată, rostogolind cu zeci de mânuțe albe și fine, ditamai stânca din pădure. În jos, pe potecă, până la răscruce. Era prima victorie. O presăraseră în ani, cu poveşti târzii acompaniate de sunetul lugubru al cucuvelelor din cine ştie ce şuri şi, tot acolo, îi prinsese şi dimineaţa primelor iubiri. Într-un capăt de mai multe drumuri trăiseră ei toţi, ce nu aveau să mai reîntâlnească în nicio zloată de străini.

Era acum singur dar, oftatul ce se zbătea să răzbească din îmbătrânirea sa era tot de învingător. Căci firul i se răsucise acum aproape complet între degetele-i parcă îmblânzite, iar capătul lânii îşi scutură, tremurând, ultimele două picături de zloată în palma-i amăruie.

Avea putere acum, recăpătată din oglinda din asfalt, mai aprigă, mai luminoasă. Se târî la fel de bolnav, în trupu-i ca o prelungire ostentativă şi redundantă, fără carâmb şi firu-i de lână. Nu lăsă dindărătul său, nicio urmă. Părea că pluteşte peste zloată şi se aprinde încet, în răsărit.

Când ajunse la biserica măcinată şi ea parcă de străini se opinti în uşa ei de piatră. Atât de puternic, încât îşi desfăcu coastele să-şi presare ultima-i urmă de suflet peste crucile din cimitir. Între ai lui, cu ai lui, cu toţi, în ultima victorie ce şi-o făcuseră hotar.

Mai târziu, în drumurile ce treceau la nesfârşit pe lângă stânca solitară găsiră tinereţile un ghem de lână, strâns, fără culoare, şi un carâmb întrerupt din ce fusese cândva, de mult, o cizmă. Nu știură atunci să spună al cărui fir zoios se rupsese în înserarea zloatei.

Mere coapte

Răsărise soarele undeva. De văzut nici vorbă era doar o lumină pală şi nu răzbea să spargă norii groşi ce-şi construiseră pentru viscol o închisoare, care de acum mătura cu ninsoarea măruntă, tot ce îndrăznise să nu se adăpostească din calea lui. Un fel de zi în care ţi se dă voie să contempli trecutul sau poate viitorul, căci ce e acum, rămâne îngheţat în viforul de-afară. Eu doar aşteptam ultimul dram de inspiraţie. Reparase cineva vremea, îi spălase toată ipocrizia într-un alb inocent şi redase normalitate unei zile de iarnă. Iar la asemenea aşezare a lucrurilor cunoscute îmi pierdu-i privirea în neant, cu fruntea lipită de sticla rece a ferestrei clare. Vedeam mai departe de orice viscol şi fulgi.

Ce de aşteptare...

Semnul veni abia în după-amiaza târzie. Atunci când se opri ninsoarea, norii își mai atenuară din culoarea neprietenească, iar vântul se pierduse cine știe pe unde. La marginea orizontului se colora o linie galben-roșiatică, menită să anunțe că soarele pleca, lăsând loc aprinderii lunii. Am deschis încet poarta, parcă în lipsă de siguranță, părăsindu-mi casa, și am făcut primul pas pe uliță. Ah, da... orice zăpadă colorează asfaltul în ulițele copilăriei. Căci cine mai știe sau ar putea spune câtă nevolnicie zace sub alb? Călcam pe o potecă în mijlocul străzii, ui-tându-mă curios în jur, să văd dacă se mai încumetă cineva să iasă. Dar, părea că de această dată, îmi lăsaseră satul numai mie. Îmi auzeam pașii scâr-țâind peste gerul ce se lăsa molcom în liniștea amie-zii. Mai lătra câte un câine a singurătate dar, depărtarea sunetului contempla doar peisajul îm-pietrit.

Ce de iarnă...

Privirea mi se răsfiră din imaculat către colori-tul caselor. Aceleași de când mă știu umblând, doar oamenii s-au mai schimbat. Pe unii i-a dus vremea de tot, spre alte zări, alții au încărunțit. Că nu ar fi sat fără bătrânii lui! Altfel ce veșnicie s-ar mai clădi de-a lungul timpului?! Ce înţelepciuni ar poposi pe băncile de la portiţe în poveştile de duminică?! Drumul spre bunici a fost întotdeauna mai mult decât simplu, două cotituri la stânga şi una la dreapta. Nu l-am măsurat niciodată în minute, ci în vieţile sătenilor. Ştiam că sunt aproape când din vale începeam să urc cătinel spre marginea livezii, ce străjuia pădurea. Aceeaşi pădure în care hoinărisem şi eu, şi mulţi alţii înaintea mea, care cumva scăpase teafără peste ani, odihnindu-ne privirea. Iar metamorfozele se năşteau întotdeauna undeva la graniţa dintrea ea şi sat. Precum casa bunicilor, închidea o lume, ce se întrepătrundea cu cea exterioară doar din poveşti. Altfel nu îi era permisă nicio schimbare. Până şi infinitul îşi avea aici finalitatea-i altfel.

La ultima cotitură, când am revăzut gardurile copilăriei, mi se veseliră ochii. Scârţâitul tot mai abitir, denota că mă grăbeam. Am renunţat la contemplare.... pe uliţa scurtă abia aşteptam să ajung la intrarea cu clopot, tot acelaşi de când lumea mea, ce anunţa venirile poveştilor de afară. Şi ce istorisire amarnică aveam de această dată! Îmi preumblasem minţile prin atâtea locuri, printre

atâția oameni, încât mai îmi rămăsese tot un dram
de pragmatism nevolnic într-o după-amiază ce îşi
aştepta ninsorile. Atâta lăsasem eu în urmă, până
mă lovi cu o duritate acerbă un gând dureros, de
adevăr... Să nu uit! Să nu îndrăznesc să uit vreo-
dată de unde pornisem, din ce loc îmi făurisem lu-
mile şi le aruncasem tot spre alte zări, țesându-mi
plasa de păianjen în şi, câteodată, peste umilinţa
drumurilor deşarte. Să nu cumva să uit minunea
ce mă clădise... Dar, pare-se că aşternusem o pa-
loare peste aceasta, iar inspiraţia nevrând să-mi
joace în cârdăşie ambiţiile, mă părăsise. Şi poate
nu doar ea. Clopotul sună, în urma mea se trânti
portiţa. Ca întotdeauna, doar că acum îmi rătăcea
mintea în rugăciune. Vroiam, ceream o metamor-
foză. Doar una. Să mă reclădesc.

Bucătăria bunicii dospea în veselie. Toată lumea
era adunată acolo, înşirată cuminte pe divan. Când
am intrat, am înţeles de ce. Tava era încă fierbinte,
scoasă din cuptor. Merele coapte... Acele mere
coapte, ale bunicii, care ne fac pe toţi să vorbim cu
gura plină. Habar nu am de prin ce grădini le cu-
lege, căci trebuie neapărat să fie merele satului. Aşa
mici, uscăţive şi pline de bube dar, gustoase, cum

numai acolo se pot găsi. Tava în care se coc, cred că este de când s-a măritat bunica, parte dintr-o zestre pe care și-a păstrat-o și respectat-o cu sfințenie. Iar cuptorul sobei cu lemne, acolo tot de când mă știu, își făcuse și de această dată statornica-i datorie. Merele erau coapte simplu, fără vreo transformare cu zahăr și scorțișoară. Acestea din urmă își aveau rostul doar în zilele de sărbătoare, ca să știi că-n sfinții satelor mai zace încă o urmă de veșnicie.

Troznea jarul a ger în lumină călduroasă, iar combinația simplității și a mirosului de copt îmi relaxă ultima vâlvătaie de agitație. Aveam povești, ce-i drept, din lumile pe care colindasem. Și le ziceam bunicii cu răbdare în detalii, căci poate pașii ei nu o purtaseră mai departe de sunetul clopotului de la portiță, dar cunoscuse multe alte zări prin noi. Așa, în după-amieze târzii, la gura sobei. Și tot ea mai știa, că acasă nu se uită niciodată. Dar mai trebuie să te lase și vremea să întâlnești câte o metamorfoză. Mă reclădeam cu fiecare vorbă, rostită cu înțelepciune ca răspuns cuvintelor mele. Îmi revenea și inspirația cu fiecare răgaz între acestea. Încet, în deplinătatea ei, așezând gândurile într-o ordine uimitoare, infinită, cum doar sufletul deschis în lumină mai poate cunoaşte.

Ce de linişte...

Întunericul aşternut la fel de silenţios peste zăpadă îmi dădu semnalul de plecare. Bunica mă petrecu până pe uliţă cu poveţele-i obişnuite, s-aud apoi sunetul clopotului răsfirat în urma ei. Gerul îşi cucerise satul o dată cu lăsarea serii şi ne împărţeam uliţa, ca doi fraţi, fără să ne deranjăm prea mult unul pe celălalt. Eu doar îi scârţâiam omătul sub paşii apăsaţi şi siguri, el îmi transforma aburul respiraţiei în ceaţa ce se confunda cu fumul sobelor cu lemne. Veşnicia satului răzbeşte şi mai abitir în nopţile de iarnă. Când luna îngheţată dansează siluete din case şi din garduri, desenând pe uliţă forme care mai de care mai curioase pentru imaginaţie. Doar în depărtări, mai sclipeşte a răzvrătire câte un Luceafăr.

Ce de veşnicie...

Drumul mi se închise la poarta casei. Încercând să o deschid, mi-am dat seama că păzisem cu sfinţenie de ger, într-o pungă grijită bine de bunica, câteva mere coapte, ce încă erau calde şi miroseau a copilărie. Mi-am odihnit privirea spre negura pădurii, pe care doar imaginația o mai putea deosebi în peisajul nopții. Mă răzbi o urmă de zâmbet luminat:

Ce de metamorfoză în veșnicia satului, liniștind așteptarea din iarna copilăriei...

Dimineața cafelei cu gheață

Se liniștea noaptea în adâncii zori ai zilei. Locul secret pe care și-l vroia neatins de purgatoriu se forma volatil prin colorarea infimă a unui oarecare orizont.

Fluturau perdelele în adieri nesilite de praf sau ploi. În deplin calm.

Tavanul desena metamorfoze din cine mai știa ce lumi apuse de unde, fariseii și actorii ambulanți smulseseră prea multe respirații sacadate și apoi le uitaseră în depărtări.

Dimineața se oprea într-o clipă nesfârșită.

Singurul neadaptat îi părea espressorul cu râșnița-i afurisită, ce în foamea de a sfărâma întregul făcea să vibreze totul împrejur, parcă în total dezacord cu reveria răsăritului.

Dar cafeaua ... cafeaua neasuprită-i de atâtea vremuri... își aștepta ceașca albă, ca mai apoi, să se amestece cu scuza umilă a celor două cuburi de gheață. Tot ea încăpățână zorii să se încleșteze în umilul moment furat din timp. Și închise lumea dinspre orice altă lume, în cerc restrâns, luminată de o singură rază de soare oprit din trezire.

Îi purtă pașii molcomi pe pardoseala difuză și permise o singură odihnă lângă măsuța împletită-i din grădină, sub un nuc imens, imaginar. Îi oferi printre bucățile de gheață, băutura amăruie care aprinse și mai accentuat metamorfoza. Nu mai era o scuză a vreunor neaveniți ce puneau la cale războaie în cafenele obscure și nici a îndrăgostiților intimdiați de îndrăzneala paharului de vin. Ci doar secunda răsfrântă a desfătării.

I se umeziră picioarele dezgolite în roua verde, a dimineții. Picăturile nopții trecute închideau răni adânci, sângerânde încă, păstrate din lupte pierdute și sfințite cu lacrimi. Vindecarea răpea tot mai mult din corp, urcând spre coapse, aliniind ceea ce se sfărâmase cândva, mult prea perfid.

Îi urmări fiecare fibră din trupu-i, contractându-se semeț. Privirea-i coborî pe spatele adâncit în penumbra ce îndrăznea să se îndrepte. Dar, de atâtea

ridicări grăbite în infinite dimineţi, vertebrele-i ză-
ceau amestecate, dezordonând orice urmă de fiinţă.

O atinse, fără grabă, doar zorii deveniseră ne-
sfârşiţi. Ea nu tresări la început, căci nici amintirile
de mult apuse nu se mai răsfrâng atât de aprig. Dar,
mai apoi, pe măsură ce palmele-i contorsionau tan-
dru fiecare încheietură începu să o simtă fremă-
tând. Căci umilinţa zeului cretin de pe vremea
cabotinilor era atât de amară... Şi atât de dezamăgi-
tor şi gândul că fariseii îşi împrăştiaseră seminţele
în mii de zări şi fără foc cuprinseră vieţi ce încă nu
s-au stins. Se plecă iar, şi vru să îngenuncheze. Ca
întotdeauna. Dar braţele-i opriră corpul în cădere.
Îşi plecă doar capul şi o picătură în culori se ames-
tecă cu roua. Atât de linişte era, încât clipocitul ape-
lor din pământ şi om, amestecate, trezi toamna
răsfirând tot verdele uscat.

Ar fi trebuit să reclădească doar existenţa-i din
această lume. Dar, când în duritatea osului simţi
zloata fermecată la rându-i de reîntregirea sufletu-
lui ce devenea tot mai palpabil între răsuflări, nu
putu să nu gândească că poate era doar o poveste. Şi
nu mai ştia a cui. Sau poate fusese a nimănui. Poate
explodase între apusuri, între universuri paralele,
care la rândul lor îşi aveau prefăcătoria sculptată-n
ipocriţi. Câţi nu ştiu ce este o poveste... O cred doar

înşirată-n rânduri infinite între coperţi uitate, abia o fantasmă dintr-o minte luminată, aşternută numai prin viziunea altora. Imaginaţie oprită în stadiul de cuvânt.

Dar povestea-i interminabilă nu cunoscuse graniţa lumilor şi nici a zeilor. Se desfătase din fiecare sămânţă de floare de fân şi se zbătuse între credinţe şi prejudecăţi. Se colorase din ierni nuanţând prin imaculat şi iad, se răsfirase-n curcubeul de după furtuni. Şi, mai la urmă de tot recunoscuse în aceiaşi genunchi pe care ar fi vrut să se sprijine acum, că fiecare linişte îşi are purgatoriul ei.

Se îndreptă atât de mult şi dintr-o dată, încât pământul nu-i mai percepu umbra. Cu o înclinare la fel de tandră precum aceea-i ce reclădise vertebrele şi zloata, îşi încordă umărul pentru gheara de uliu încleştându-se în carne, dar fără să rănească. Pentru o clipă putu să zărească privirea egală în amândoi, calmă, alintându-i cine mai ştia ce lumi răzvrătite. Apoi se desfăcu cerul şi aripile cenuşii îşi luară zborul, către foc.

Rămase cu palmele la fel de dezgolite ca în noaptea-i dinainte. Simţi doar o urmă de melancolie în roua ce se prefăcea în abur printre razele de soare, tot mai multe.

Se răsfrânse cercul și îi purtă pașii agale prin grădini. Trecu pe lângă ceașca de cafea, unde se odihnea încă netopită de atâta zbucium, gheața. Dimineața se porni din clipa-i nesfârșită.

Nu mai era nici urmă de respirații sacadate și nici de ființă amestecată.

Printre perdelele fluturând îi zări privirea odihnindu-se într-un tavan oarecare, desenând, nimic.

Se liniștise noaptea și atât. Iadul se stinse volatil într-un oarecare orizont.

Erau primii zori în culori.

Cafeaua ... cafeaua neasuprită-i de atâtea vremuri se odihnea între două cuburi de gheață.

Metamorfoza.

Liniștea.

Locul secret.

Dialog simultan

Scriitorul domnea peste întunecimea realității sale, uitându-și scopul inițial. Se așeză lejer în jilțu-i de piatră, sculptat în cine știe care vremuri și așteptă cu dezinvoltură întrebările interlocutorilor săi, așezați la rândul lor, pe o bancă de stâncă. Puseseră stăvilar un șanț cu apă între ei. Fără a fi destul de adânc pentru a deveni periculos, dar destul de limpede pentru a le crea pelicula de inocență. Devenea astfel, doar o limită impusă care, cu voia celui întrebat putea fi depășită sau nu.

Scriitorului i se părea obscur de a nu se fi aflat în prezența stiloului său și a paginilor dezgolite. Oare va putea răspunde întrebărilor cu aceași dezinvoltură, cu care își împrăștia rândurile în fiecare zi?! Interlocutorii erau în culmea fericirii, deoarece

smulseseră artistul din mediul său imperceptibil şi
îl aruncaseră definitiv în faţa lor, pentru a rosti vorbe,
fără a le scrie. Erau conştienţi că nu păcătuiseră cu
nimic, lansaseră doar o provocare: desluşirea min-
ţii marelui artist.

Artistul răspunse provocării, însă nu în modul
ideal ci, îşi îndreptă povestea către căile cunoscute
lui, cuprinzând atât întrebările rostite cât şi cele ne-
rostite. Zâmbi. În mintea lui, scriitorul ştia că va fi
pentru prima şi ultima dată când va vorbi şi nu va
scrie despre cafeaua lui cu gheaţă. Iar astfel, dialo-
gul devenea proba de foc în a înţelege răsfrângerea
discursului său filosofic.

Printr-un extraordinar exerciţiu imaginativ se
produse metamorfoza.

*

Închisesem caietul. Aceleaşi foi de matematică
insipid de realiste faţă de conţinutul revărsat din
stilou, le purtasem cu mine ani de-a rândul, din
clipa în care auzisem inocenta întrebare *De ce nu
scrii?*. Şi acum le adusesem în Balcic. De-a lungul
câtorva zile deveniseră prelungirea indispensabilă a
imaginaţiei mele care, surprinzător se dezvoltă în
acest loc mai mult decât oriunde, într-un timp mai
mult decât infim.

Mă gândeam dacă asta o fi definiţia simplă a infinitului. Să-l fi regăsit când ascultasem pentru prima dată gemetele stâncilor albe în valurile negre sau poate când mă alergaseră vehement toţi semizeii prin grădini, în braţele absolute ale Zeului meu cretin?!

*

Ce de gânduri las în urmă când cobor ultima treaptă din faţa morii de apă... Calc încet pe dalele de piatră, împrejmuită de nisipuri. Fără să mă ştie nimeni. Şi cine m-ar fi observat printre atâtea corpuri lenevite în soarele după-amiezii târzii?! Şi-apoi cine să-mi fi urmărit paşii când minţile lor rătăceau asiduu prin cine ştie ce lumi necunoscute celor alăturate?!

Pe faleza îngustă am început sa zâmbesc. Întâi, doar într-un colţ de gură, gest moştenit de la cine ştie ce rudă îndepărtată, de la care probabil am preluat şi firea-mi răzvrătită. Dar apoi, pe măsură ce mă însoţeam în ritmul mersului cu valurile mării, zâmbeam tot mai larg. Căci niciun urmaş al celor de demult nu ar fi bănuit unde voi fi învăţat eu să respir. Iar cei ce scrijeliseră destinu-mi nu s-ar fi cuvenit să-mi arate mai devreme. Doar toate vin la timpul lor, oricum l-am măsura sau defini în inutilitatea

sa. E uimitor acest drum în paralel cu zbuciumul
apei. Cum mă poate transforma şi cât de veridic! În
suspendarea raiului regilor noştri apuşi sunt doar
EU şi caietul meu şi zeii mei. Aici, jos, devin incre-
dibil de reală pentru nenumăratele mele inspiraţii.

*

Paşii de acum purtau un corp drept, nu a răzvră-
tire, ci doar a multor adunate victorii din războaiele
aprinse. Siguranţa fiinţei se dezvoltase din umilinţa
culorii a cine mai ştia câtor apusuri indecente şi câ-
tor zori glorioşi, iar sufletul îşi permitea o libertate
generică, răsfirată de-a lungul experienţelor artistice.

Habar nu avea scriitorul din mine cum să ros-
tească cu altfel de cuvinte justificarea existenţei sale
până în acest punct. Căci, greu se transformă scrisul
în vorbe, pe când invers există o naturaleţe aparte,
iniţiată de umilul stilou pe o coală albă. Gândul fri-
vol mă scutură a teamă. Frica de necunoscutul oa-
menilor, care şi-l relevă abia în situaţii anoste. Să
mai fi dat curs invitaţiei sau nu?!

Urcam treaptă cu treaptă spre ea, lenevindu-mi
paşii la fiecare alunecare a mâinii pe balustrada
rece. Câtă incertitudine ... Căci e uşor să admiţi firul
artistic doar pentru un gând, dar piatra de hotar

când te dezvălui altora se înalță atât abitir și nefiresc, încât trecerea ei denotă o mare, mare nebunie.

Am deschis ușa, iar lipsa de curaj se avântă până pe terasa, unde ea, aplecată deasupra scrierilor mele, desena imaginații. Se opri, își întoarse o urmă de umăr abia perceptibilă în adierea perdelei și mă rugă vehement să-i vorbesc.

Am zâmbit:

– Nu pot să-ți scriu?

– De data asta nu. Aștept.

M-am așezat în fața ei. Îmi aducea marea din depărtare doar o umilă atingere a zeilor. Eram singură în dezinvoltura așteptării. Am oftat:

– Nu vor înțelege...

– Și tu vrei să înțeleagă?! Râdea, într-o mână cu inspirativa-i țigară, în cealaltă ținea strâns creionul cu vârful oprit într-o linie încrestată în foaia de calc.

Continuă:

– Dacă ar fi înțeles, nu ar fi fost aici luptându-te cu tine. E ultimul pas. Apoi lasăm și alți zei să fie cât de cretini vor ei. Dar cei de acum, și-au câștigat și ei un drept... să-i mai știe și alții.

Erau aceleași înțelesuri, doar ascunse în alte vorbe. Care mă ridicaseră de atâtea ori, când aveam impresia că se sfârșea lumea.

Mă petrecu până la oglindă. Anii dăduseră Cezarului ce îi revenise de-a lungul timpului. Abia mă recunoşteam, căci eram obişnuită să privesc dincolo de ea. Nu mă denotasem niciodată prin ceea ce ar fi văzut alţii. Într-un colţ îi sclipi privrea a acord. Eram cât se putea de eu.

Îmi deschise uşa şi mă aruncă cu nebunia ei, în dezinvoltura oamenilor de rând. Nu doar pentru că putea, ci mai şi ştia revelativ, de ce.

*

Mintea-mi refuză orice gând până la terasa localului, unde petrecusem atâtea veşnicii ale lumii fireşti. E bine şi să nu gândeşti câteodată şi să te laşi purtat, dacă nu de nebunia ta, măcar a altora.

Abia când am ajuns, mi-am aţintit privirea asupra lor. Ştiam că mă urmăriseră de când îmi zăriseră caietul în ultima cotitură de pe faleză. Acum erau doar încântaţi şi aşteptau. Unul, vinovatul cafelelor pentru orice motiv, iar celălalt cititorul, dar nu de rând. Acel cititor care răsfoieşte fiecare carte doar pentru că este, pe care mai apoi să o treacă prin foc, urmând să-i uite complet filele, dacă următoarea deschisă ar fi fost mult mai aproape de adevăr. Ce piatră de hotar aveam să trec... nici nu ştiam!

Ne pregăti cafeaua, ochi în ochi, că doar espressorul îi cunoştea mâinile mai bine decât el. Trei ceşti, unde gheaţa se odihnea în linişte, înainte de a muri. Am sorbit câte un pic fiecare, eu ştiind că va fi ultima mea cafea cu gheaţă, ei curioşi, ce va fi diferit în existenţa umilei licori.

Parcă recunoscând conştientizarea mea, îmi spuse cu o linişte dureroasă:

– Nu suntem singurii care bem cafea fierbinte, cu două cuburi de gheaţă.

– Sigur nu, dar primii care o răsfoim în adâncul ei.

Cititorul ne contempla pe amândoi, fără să-i fi putut recunoaşte vreun gând în privire. El ne cunoscuse mai demult. Când nopţile le petreceam firesc, în acelaşi local, amuzându-ne până spre dimineaţă de cine ştie ce idei nelalocul lor. Tot noi trei, dar altfel. Simultan.

– De ce Balcic? Întrebarea mă uimi. Oare nu eram triunghiul diferitelor motivaţii pentru oraşul artiştilor, scopul triangulat al existenţei fiecăruia!? Unul să existe, unul să susţină existenţa celui dintâi, iar celălalt să îndreptăţească doza de nebunie a celor doi. Să creadă fiecare în fiinţa lor, justificată pentru plăcerea celorlalţi.

Cititorul îşi aştepta de fapt, prima poveste. Despre faleză, mare, stânca albă. Interlocutorul o răsfiră atât de simplu în acasă, încât îmi aduse aminte de unde plecasem în călătoria cafelei. Se răscoli gândul în mine că depărtarea îmi reconstruia copilăria mai frumos decât oricând. Și existența-mi se clădise acasă, între ai mei, cu ai mei. Pentru orice aș fi, în oricare zloată de străini.

Răspunsul meu la această întrebare, năvăli pe buzele-mi delectate de gustul amărui precum goana cailor înspumați din apele ce spală păcatele Orașului Alb.

– Fascinarea mea constă în a descoperi capătul lumii, iar acesta a fost cândva închiderea celei din care am venit. Și cum s-ar fi putut închide mai bine o lume, dinspre altă lume, decât cu o grădină pe un colț de piatră, umbrită de câte-un nuc bătrân de-a lungul existenței ei?!

Înțeleseseră. Știam, după cum își contemplau fiecare ceașcă.

– Am plimbat cafeaua dar, mai ales, gheața în locuri de care uneori cu greu îmi mai aduc aminte. Dar frenezia combinației dintre cele două mi-a dezvăluit inspirații pe care le credeam reale doar în poveștile altora. Apoi s-au transcris, câteodată fără voia mea doar așa, pentru că uitate ar fi devenit inutile.

– De ce scrii? Mă contemplau acum două priviri cum mă răzvrătea întrebarea asta în adâncurile care le închisesem de mult. De atât de mult.

– Altfel nu aş fi. Nu aş putea supravieţui fără mine în scris, în toată nebunia altora. Scriitorul e un om nebun la rându-i care, pentru a nu fi închis într-un ospiciu, îşi încredinţează sufletul unei coli albe şi unui stilou. Apoi vin ceilalţi care, pentru a nu-i desconsidera certitudinile, îi remarcă într-un fel sau altul, arta. Mai primează doar permisivitatea ignoranţei. La urma urmei, în fiecare dintre noi va zace un nebun şi un ignorant.

– Sau un muritor...

Acum înţelesesem până şi eu. Şi câtă exaltare sufletească în a mă dezgoli fără a mă frânge, în a fi eu fără a ascunde frânturi de fiinţă în cotloane întunecate, unde doar stiloul prăfuit îşi mai făcea curaj din când în când, să le atingă. Eu.

Ceştile se goliseră. Trecuse timp de-al omenirii mult mai mult, comparativ cu credinţa noastră că ar fi fost. Locul începu să se anime de însoţitorii nopţilor de vară.

Retorica curioasă lăsă loc unei umile speranţe:

– Nu suntem doar un capriciu, nu?!

Amândoi aveau aceea licărire de nădejde în ochi pe care eu o simţisem arzând foarte aprig în periplul meu. Că vor fi lăsat ceva în urma lor, fără vreun efort asiduu care să-i ucidă picătură cu picătură, până în următoarea viață. Că ar fi însemnat ceva, fără să constrângă. Că vor fi fost.

Îmi strânsesem ultimul dram de voință pentru a rosti ultimele vorbe, fără a le scrie:

— A fost da, un capriciu. Inițial o provocare care și-a îndeplinit cu stoicism datoria de a se fi născut. Apoi, extravaganța prinse formă. Căci datorită ei am cunoscut oameni. Frumoși. Sau poate nu. Dar i-am urcat pe piedestaluri și le-am dărâmat tot răul, prin justificări. Se poate să fi fost și eu, ceea ce s-au vrut ei a fi pentru oricare, oricine. Apoi, pe toți i-am transformat în cuvinte. Le-am dăruit certitudine. A fi.

Simultan ei doi se pierdură într-o tăcere care nu-mi contempla doar urma de gheață din ceașcă sau dâra de cafea de pe marginea ei. Ci întreaga-mi existență. Dar prin ei. Nebuni, ignoranți și, la urmei urmei... muritori.

*

Se învălui noaptea în urme calde de însoțiri uitate. Scriitorul se trezise din reveria realității sale, singur, în același jilț din stâncă albă care admirase omenirea. Piatra de hotar își scuturase ultima urmă de violență ipocrită. Se ridică cu o naturalețe în pragul imperceptibilității. Acum știa!

În urma sa auzi universul trosnind a neant. Îi imortaliza orașul într-un uriaș cub de gheață, închizându-l în marea ce-și revărsa mirosul îmbietor de cafea împrejur.

Se stingeau felinarele în cer, rând pe rând, urmându-i calea. Doar unul lumina încleștat deasupră-i, pentru că... undeva în lume va mai fi fost de pierdut ceva timp până în miez de noapte.

În loc de Epilog...

În ochii mei se cerne iarna,
În ochii tăi se cântă-ntr-una.
În palma ta sunt briza caldă,
În palma mea ești noaptea crudă.
Ai învățat să-mi arzi la tâmplă,
Am învățat să-ți scriu o filă.
Cu pașii mei îți calc pe urme,
Cu pașii tăi clădim o lume.
Ne conjugăm în mintea noastră,
Ne respirăm senin, de vară.
Vom ninge în maturitate,
Vom ninge flori de primăvară.
Cine va ști: cât și când?
Cine va ști: cum și unde?
Cine mai știe... pe ce drum,

Stiloul minții ne pătrunde?
Aş fi vrut să fim de modă veche
Să dansăm prin flori de fân,
Pe-o scenă a lumii în culori,
Chiar dacă...
Toți oamenii sunt muritori.

*

Dacă ai vedea lumea prin ochii mei, te-ai opri...
Dar, te întreb încă o dată: Ai învăța să nu mai fii?

(Ionel Romulus David –
Despre *Cafea cu gheață)*

Despre Autor

Invitaţia Parmenei de a scrie despre ea în calitate de autor al acestei antologii m-a surprins, în aceeaşi măsură în care te bucuri când constaţi că ţi se încredinţează un rol important în viaţa cuiva.

Pot spune că, odată cu această carte am descoperit mai mult din ce înseamnă Parmena Zirină. Şi poate nu este niciun geniu literar, nicio autoare cu o viaţă anostă, care-şi etalează refulările scrijelind coala albă, în încercarea de a îmbrăca lucruri fireşti, normale, într-un ambalaj care să atragă şi să se vândă bine.

Dar, cu siguranţă, Parmena întruchipează mitul zburătorului, acea fiinţă fantastică aparent intangibilă de cei care nu deţin cheia potrivită către sufletul ei. Ea poartă cititorii în universuri paralele, accesibile şi, totuşi, atât de îndepărtate, mânuind cu măiestrie stilul facil de a colora în cuvinte potrivite, lumi diferite. Poate nu ştie să folosească limba literară precum academicienii. Şi nici stilul versificat al Eneidei. Are însă un stil propriu, incandescent, febril, aparent întunecat de aroma amăruie a unei cafele. Toate însă le *îndulceşte* cu gheaţa tare, translucidă, ca o fereastră spre interior, deschisă către cei dispuşi să privească înlăuntru-i.

Parmena este un amalgam de stări, amintiri, frământări, vise, proiecţii, aşteptări, dorinţe, împletite perfect în peniţa unui scriitor contemporan care, în viaţa de zi cu zi pune în zori latura artistică pe piedestalul aşteptării, pentru ca, la lăsarea întunericului din ceaşcă să-şi întindă aripile imaginaţiei către lumii vii, sacralizate, adevărate vortex-uri purtătoare de subtile, timide, înălţătoare bucăţi de suflet. E posibil, ca orice actor atins de muză, să nu ştie exact despre ce a scris, decât atunci când peniţa geniului artistic va fi părăsit demult chipul imaculat al colii. Cu toate astea, firea ei pragmatică, educată în cel mai pur stil de ordine nemţească, punctuală, sobră, revine asupra celor scrise, cu meticulozitatea unui ceasornicar, care, după o viaţă petrecută printre rotiţe a descoperit adevărata esenţă a timpului.

Parmena Zirină ştie exact când să-şi înfrumu-
seţeze trăirile transpuse în cuvinte, adăugând sa-
voarea gheţii unui text şi când să savureze un
espresso sec, contrastant cu pietrele albe din Oraşul
Poeţilor.

Ea este expresia clară a unei demnităţi de vechi
pension, închisă într-un trup de femeie, puternic
visătoare. Este o enigmă greu de pătruns atâta
vreme cât nu îi cunoşti fiecare inflexiune a vocii, fie-
care gest aproape insesizabil făcut, fiecare suviţă
răsucită între degete, în căutarea inspiraţiei.

Parmena adună înlăuntru-i, mii de ani de exis-
tenţă filosofală, transpusă în veşnicia satului co-
pilăriei sale. Strânge deopotrivă toată şcoala marilor
antici atunci când îşi descrie nucul căzut peste
căpşuni şi gardul vecinilor, la fel cum, în fiecare cu-
vânt din această antologie, cititorul va descoperi
lesne, mistere ale existenţei unui suflet pus la mezat,
în piaţa publică. Parmena nu este genul de scriitor
conformat unor reguli clare, precise, stabilite cu
precizia unui ceas elveţian. Ea este însăşi încunun-
area cu succes a acelui ceas elveţian perfecţionat,
după ce întreaga cosmogonie universală a fost
adunată între mecanismele sale.

Şi, fie că îi citim însemnările antologiei, o privim
cum îşi răsuceşte şuviţele în căutarea inspiraţiei sau

o întâlnim bătând iritată din picior la ghişeul Administraţiei Financiare, Parmena va lăsa întotdeauna împrejur, aceeaşi impresie de licoare neagră, amăruie, fierbinte, imprenetrabilă şi, totuşi, fragilă, deschisă, transparentă, translucidă.

Dacă din întâmplare o veţi întâlni în aceste ipostaze, sau savurându-şi într-o cafenea cochetă băutura preferată la lumina unei veioze de pe vremea lui Coco Chanel opriţi-vă şi citiţi-i în priviri tot amalgamul acesta misterios al existenţei sale! Nu o întrebaţi de ce scrie! Sau de ce bea cafeaua cu gheaţă! Pentru că, dincolo de femeia îndrăzneaţă, hotărâtă, artistă atinsă de geniul creaţiei literare, aceasta este Parmena Zirină: o cafea bună, cu două cuburi de gheaţă!

Clarisa Iordache